飛火野日記

Tobi hi no Nikki

勝南井 隆

文芸社

◆目次◆

発表のいきさつ

御園生公親《みそのうきみちか》が、突然訪ねてきたのは、夏も終りに近い夕暮頃であった。

遠くなった記憶の中で、その日のことをよく覚えているのは、私が伯父のいる飛彈の高山で夏を過し、一箇月ぶりに帰宅してから間もない頃だったからである。

日射しはまだ強く、残暑の嚴しい蒸暑い日であったが、つくつく法師が鳴き秋の気配も感じられた。

私が二階の書斎で、M新聞社から頼まれたフランス印象派画家紹介の原稿を書いていたのだが、妹が御園生の来訪を知らせに来た。

いつも豫《あらかじ》め来訪を連絡してくる彼が、その日に限ってなんの前触れもなく急に訪ねてきたことは、少々意外であった。

二階から下りていくと、病み上がりのように憔悴《しょうすい》した御園生が、悄然と玄関に立っていた。並より背が高く瘠型《やせがた》の彼だけに、一層その日は窶《やつ》れて見えた。顔色も冴《さ》えず青白かった。

「さあさあ、上がり給え」

私は急《せ》かせるように部屋に招じ入れた。

書斎の椅子に向い合ってからも、彼は黙ったままだった。

木立を渡る微風《そよかぜ》に、樹々の葉が私語《ささや》くように音を立てた。すると、直ぐ近くの樹でつくつく法師が鳴き始めた。最初は緩《ゆる》やかに鳴く蟬が、徐々に調子を速め、鳴きやむ寸前の息詰るような鳴き方をすることに、私は胸苦しさを覚えた。

鳴きやめた束の間の静寂《しじま》に、樹々を渡る風の音が聴えてきた。その音に應ずるように別のつくつく法師が鳴き始めた。

御園生が長い沈黙の後、突然、ぽつりと、

「今日、君にお別れを言いに来たのだ」

私は彼の唐突な切り出しに、軽い気持で尋ねた。

「留学かい」

平生からフランスへ行きたいと、口癖のように言っていたからである。

「いや。トラピストに入るのだ」

「なんだって」

豫想だにしていなかった言葉だったので、吃驚したのは私の方だった。

彼には気紛れなところがあるので、そんな気紛れがまた始まったのかと思った。

トラピストのイメージは、私にとって女性の行くカトリックの修道院ぐらいにしか考えられなかったので、男子修道院のことは頭にはなかったのだ。しかしトラピストと言えば歴史的には寧ろ男子が本筋なのであろう。

（一体、御園生は何を考えているのだろう。更なる研究のための留学ならわかるが、研究とはあまり関連もなさそうな男子修道院《トラピスト》入りとは）

彼とは高等学校、大学でも一緒であり、卒業後は大学院の美学研究室でも、同じ研究仲間なのである。私はこれまでの交遊を通じ、一番親しくしてきた友人であり、ライバルでもあったので彼を理解し、充分識っているつもりであった。しかし彼の言《げん》が如何にも唐突すぎたので、また彼らしいいつもの気紛れだと思ったのである。

彼のひとのよさや優しさは、今の世には得難い資質であり美点ではあろうが、かえってそのことが彼の脆《もろ》さであり、人に利用されがちな弱さであり、欠点でもあると豫々《かねがね》思っていた。私はその意味で、彼には身近に良き助言者《アドバイザー》が必要だと思っていた。

それにしても、どうしてトラピスト入りの決心をしたのか、その動機を知りたかったので、單刀直入に訊ねてみた。

「今は何も言いたくないし、言えそうにもない。今日君に逢いに来たのは、これを君に渡しておきたかったからだ」

と、薄紫色の縮《ちぢ》みの風呂敷から奉書紙《がみ》の包みを取出し、テーブルの上に置いた。

奉書紙自体、今どき珍らしいいし、殆ど使用されていないものだけに、時代がかった印象の方が強く、驚きも大きかった。

　更に私を驚かせたのは、この奉書紙の包みを紫色の平たい組紐《くみひも》で十文字に結び、結び目の上に赤い封蠟《ふうろう》を滴《したた》らせてあった。

　封蠟というものを私が見たのは映画の世界で、王の館《やかた》で書状の封印として封書に滴らせていた。洋画のそれも、王侯貴族の館の場面で見られたもので、当時のわが国では珍しいものだった。それが、差出された奉書包みの組紐の結び目に滴らせてあるので、今どきわが国でも使用されているのかと、驚くとともに奇異にさえ思えた。

「これは一体、なんなんだ」

「僕の手記だ。これを讀んでもらえば總《すべ》てがわかる筈だ。但し少なくとも三年間は、披《ひら》かないで欲しい」

「いいとも約束は守るから。

　──いずれにしても、君が受取りに来るまでいつまでも預っておくよ」

「いや、もう受取りに来ることはないだろう」

　私は自分の耳を疑った。

「それは、またどうして」

「──僕の行くところが修道院だから」

　私は再び驚きのあまり息を呑み、彼を見詰めたまま、直ぐには言葉が出てこなかった。

　私はトラピストが、キリスト教の特に旧教に関係があるらしいことは知っていたが、正確には何も知らないのに等しかった。

トラピストに入るということは、神父になるための修道の一課程で、修道が終れば神父という聖職に就き、キリスト教の布教に当るのだろうという、漠然とした知識しかなかった。私のキリスト教についての知識はこの程度だったので、御園生がトラピスト入りをしても、いつか再び彼に逢う機会があるぐらいにしか考えなかった。しかし、一度トラピストに入ると、再び俗世間には戻って来ず、生涯を労働と沈黙と祈りの生活を續けるのだと知らされて、更に驚きを新たにした。

彼から聞かされて事情を知った私は、彼に再考するように勧め、翻意するよう説得したが、彼の決意は強く、微塵《みじん》の搖《ゆら》ぎも見せない固いものだった。


話も途切れがちな一時間余を過した後、これから奈良に行くと言う彼を見送るため、阪急電車の駅まで一緒に歩いた。

赤蜻蛉《とんぼ》が群《むれ》をなし、泳ぐように飛んでいた。

私は彼に言いたいことや言い忘れたことが、まだ澤山あるように思えたが、それが雜然と頭の中にあっても、具体的に言葉として浮んでこないのが、苛立《いらだ》たしかった。

駅近くの踏切に来ると御園生は立ち止まり、

「ここでお別れしよう。お見送り有難う」

と言うと、微笑して足早に立ち去ろうとした。私は引止めるように彼の手を取り握手を求めた。彼はそれに応じて握手を交わした。

骨ばった痛々しい感触だった。

私は彼の手の感触を忘れないように、強く握り締めると、熱い想いが込み上げてきて、涙が溢れそうになった。

「公親、ご機嫌よう。躰には呉々も気を付け給え」

「有難う。ご機嫌よう」

彼は私の手を軽く振りほどくと、踏切を渡り振向きもしないで大股で駅に向かって歩いていった。

私は訳もなく悲しく、呼び戻しの声を掛けようと思ったが、声にはならなかった。

御園生が北海道の渡島当別《おじまとうべつ》の男子修道院《トラピスト》に赴く途中、青函連絡船への乗船前、青森で投函した私宛の葉書が届いたのは、彼と別れてから約七箇月後のことであった。

彼が私を訪ねてきてから半年後、私は主任教授の推薦により、関西のある女専に職を得て西洋美術史の講座を持つようになり、夏の休暇を利用してイタリヤとフランスへ駆け足の美術行脚の旅にも出掛けた。

もし御園生がトラピスト入りをしていなかったら、一緒に出掛けていたことであろう。

今年もまた、つくつく法師の鳴く秋近い季節になり、書斎で蟬の声を聞いているうちに、御園生が突然私を訪ねてきた日のことを思い出した。

彼が訪ねてきたとき私に托していった包みは、彼との約束どおり家人にも知られぬように、別棟《べつむね》の蔵の簞笥《たんす》に入れ鍵をかけ保管しておいた。彼がどういう動機でトラピスト入りをしたのか、それは包みの中のものが語ってくれる筈である。私は約束どおり三年間はそのまま保管していたが、三年半ぶりに私は蔵に入り簞笥から紙包みを取出した。奉書紙も封蠟も少し変色していたが、内容物を律儀に守るように、元のままであった。

私は書斎にそれを持ってきて、硬い組紐を切り、紙包みを開くと、部厚い大学ノートが出てきた。

表紙を開けると、一通の封書が挾まれていた。宛先は女手の達筆で「公親さま」と書かれていた。

最初のページをめくると、ノートには細かい几帳面な文字が、びっしりと書かれていた。封書は公親が姉のように慕っていた――というより、寧ろ歳上の恋人とも言うべき美也子という女性の母が、公親に宛てた手紙らしいことがわかったが、彼のノートの内容とは直接関係がないと思われるので、発表するに当ってはノートとの関連で、便宜上「序に代えて」と、冒頭に掲げることにした。これは私の全くの恣意《しい》によるものであるが、許してもらえるものと信じている。

またノートの内容は、御園生が折に触れ、赤裸々に心の秘密を書き記《しる》したもので、これを許しも得ずに発表するなどということは、親友に対する破廉恥な背信行為であろう。思えば、讀み終えたものは焼却すべきであろうし、それが礼儀というものであろう。

しかし、彼のようにこころ優しい人間が親友だったことを私は誇りに思うとともに、今どき珍らしい人間像である彼のことを書き残したいと思ったのだ。

このノートの内容を発表することについて、私は良心の呵責を覚え、悩み、幾度となく躊躇もしたが、敢えて発表しようと思うに至ったのは、私の親友に彼のような純情な青年がいたことを是非知ってもらいたかったからである。

私は彼の了解を得ずに、彼の秘密とも言うべき事柄を独断で発表させてもらうことにした。しかし発表するに当っては、彼の手記に出てくる人達の名前を実名で発表することは、その人達が存命中だったり、なかには血縁関係の方々もいることを考慮し、また心ない誤解や迷惑を与えてもいけないと思い、總て假名にすることにした。

讀者というものは、登場人物はあのひとだとか、あのひとに違いないとか想像を逞しくしがちと思われるので、こうせざるを得なかった。

また彼の文章は、勿論章別に書かれているのではなく、日付もないメモ程度の走り書きした箇処すらある。そこで私が彼のこころを忖度《そんたく》して纏《まと》めた箇処もあるが、努めて忠実に整理したつもりである。

従って、便宜上「章」を設けはしたが、彼のノートにそれがある訳ではない。

御園生がトラピスト入りをしてからの消息は詳《つまび》らかではない。恐らく渡島当別のトラピストに今もいると思われるが、この宗派はベネディクト派のシトー派なので、あるいは北海道ではなく、ヨーロッパにある同派の修道院に行ってしまって、既に彼は日本にはいないかも知れない。

序に代えて

美也子の母の手紙

公親さま
どうぞ千々《ちぢ》にこころの乱れた、はしたない老婆の繰言《くりごと》として、お読みくださいまし。お早いもので、つい二、三週間前のことのように思っておりましたのに、美也子が亡くなりましてから、もう四十九日にもなろうといたしております。

どのように悲しいことも苦しいことも、時が経てば自然に、薄れていくものだと申しますが、わたくしの場合、それどころか益々深まるばかりでございます。

ひとさまの前では、どんな悲しいことがありましょうとも、涙をお見せしたりお話ししてはならないと、ひたすら堪え忍んでまいりました。しかし公親さまへの婆《ばあ》の気持は、また別でございます。

あの娘《こ》は私にとりましては、血を分けました唯一人の肉親でございましたし、わたくしの連れ合いが亡くなりましてから、二人でひっそり身を寄せ合って暮しておりました、女世帯のこころの支えでもございました。

こうして初めて女の独り暮しになりますと、あの娘が残して参りました数々《かずかず》の品を見るたびに、新たに涙が零《こぼ》れてまいります。

いま、あなたさまのおこころうちを思うにつけ、またあの娘が最期の息をひきとるまで、お看取りくださいましたあなたさまならわたくしのこころうちまで、すべておわかりいただけるものと、筆を執ることにいたしました。わたくしのように、ひとの世に長く生き存《なが》えて参りますと、いろいろ悲しいことや苦しいことに出合うことも多くございますが、この度《たび》ほど深い悲しみと寂しさを味わいましたことは、ございませんでした。

今更あの娘のことをお話ししたところで、亡くなったおひとが、再びこの世に甦《よみがえ》るものでもなく、また言葉を交《か》わせるものでないことは、充分承知はしておりましても、起り得ない奇蹟を願いますのは、この世に残されました者達の虫のいい詮方ない愚痴でございましょうか。

この世にいました唯一人きりの身内を失いました、この母の悲しさも侘しさも、一入深《ひとしお》いものがございますが、それにも増してあなたさまのお悲しみは、如何ばかり大きいものかと、わたくしの胸は張り裂《さ》けるような思いで一杯でございます。

美也子のことは、あなたさまとの折節《おりふし》のお語《かた》らいで、あらましはお聞き及びとは思いますけれど、余所目《よそめ》には幸せそうに見える夫婦にも、見えないところでは多かれ少なかれ、波風の立つこともあるのでございましょう。唯、表面化していないだけでございます。

それぞれお育ちになったご家庭の環境や、生れながらのご性格が異なれば、貝合せの左と右がぴったり巧く合うようには、参らないこともございます。しかし、お互いに理解や思い遣りがあれば、自然に慈《いつく》しみ合い睦《むつ》み合うものでございます。このことがご夫婦にとりまして一番大切なことと存じます。

美也子の場合、親の贔屓目《ひいきめ》もございましょうが、主《あるじ》側の許し難い裏切りや仕打ちにも、愚痴一つ申さず只管《ひたすら》お仕えし、堪え忍んで参りました。控え目な我慢強さを思うにつけ、そのこころ根が愛《いとお》しく哀れでなりませんでした。

実家《さと》に退《さが》って参りましてからは、殆ど部屋に閉じこもり勝ちで、躰に障《さわ》らなければよいがと案じる毎日でございました。

月の美しい夜などは、灯《あかり》も点《とも》さず何かを考え込んでいるようでございました。

そんな娘を見るにつけ心が痛みました。

閉じ籠《こも》ってばかりいるのが気懸りで、部屋に参りますと、眼を泣きはらせていることもございました。すると、私までが悲しくなりまして、つい誘われまして涙ぐむのでございました。

あなたさまが、初めてお出ましくださいましたのは、実家に退って参りましてから漸く一年経つか経たない頃のことでございます。

美也子があなたさまのお婆《ばば》さまに、お目文字いたしましたのは、奈良の竹林さまのお宅でのお香の会のときの由で、その後お婆《ばば》さまにお願いして直《じか》にお教えいただくようになったとか。お婆《ばば》さまの独り切りのお孫さんが、同じ京都にお住いになっていらっしゃることは、美也子から聞いてはおりました。

あなたさまのお婆《ばば》さまが身罷《みまか》られ、そのお葬儀の日に、お眼にかからせていただきましたのが、美也子があなたさまとお眼にかかりました最初でしたとか。

悩みと悲しみの深かった美也子のこころも、あなたさまとのお出合いにより、冷たく凍《い》てついていた霜が、陽射しを受け溶《と》けていくように、再び和《なご》やかさを取戻したのでございました。

幸薄かった美也子にとりまして、あなたさまとのお出合いは、誠に不思議な縁《えにし》でございましたし、お婆《ばば》さまのお引き合せだったのかも知れません。

どうして人の世では歓《よろこ》びの日々があまりにも短く、悲しい愁《うれ》いの日々が長く續くのでございましょうか。

独り身になりましたこの婆は、すべてを御佛《みほとけ》にお任せし、静かにこの世を終りたいと念じております。

あなたさまも何卒お躰をお厭《いと》い遊ばして、これからの未来が、幸多き日々でありますよう、こころからお祈り申しあげます。

修学院道の婆より

卯月十日

公親さま

御園生公親の手記

前書

偶然というものは、なんと気紛れに起ってくるものであろうか。しかし、気紛れに起るから偶然というのであろう。そしてその偶然が、ひとの運命さえも根本的に変えてしまうことだってあるに違いない。

茶道で言う一期一会《いちごいちえ》にしても、ある意味で気紛れに起った偶然なのかも知れない。しかし、あるときにあるひとに出合うことが、全く偶然によるものだったとしても、運命論的に考えると、偶然とは言いきれない何かに導かれて出合うべくして出合ったという、ある種の必然性があったのかも知れない。

今にして思えば、私が「そのひと」に出合ったのも、單なる偶然と言うよりは、寧ろ逢うべくして逢うことが、既に豫定されていたのかも知れない。それにしても、私にとってなんという皮肉な出合いだったことだろう。

序章

それは樹々の新芽が萌《も》え始めた四月中旬の頃、叔父からおとしめし（祖母のことをこう呼んでいた）が、危篤だから直ぐに来るようにとの連絡を受けた。

私にとっては、全く豫期もしていなかったことなので、取るものも取り敢えず、奈良に急行した。

その日、私は指導教授に言われ、研究の結果を発表することになっており、準備に追われていた。

急なことだったので、教授に事情を話し、発表を他日行うことを了承していただいた。

このところ、その準備に追われ、三週間ほど奈良には行っていなかった。余程のことがない限り、毎土曜日から泊りがけで祖母に逢いに行くのが、大学卒業後大学院に籍を置くようになってからも、私の習慣になっていた。この前祖母に逢ったときの元気そうな様子から、危篤などとは信じられない気持だった。電車で奈良に着き、タクシーを探したが、その日はどうしたことか出払って拾えず、バスで破石《わりいし》まで行き、閼伽井《あかい》町を走るように歩き、叔父の寺に急行した。

寺に着いたとき、祖母は昏睡状態であった。

顔の色艶もよく、とても危篤の病人には見えなかった。

「こんなに容態が悪くなろうとは、思いもよらなかった」

叔父は祖母の病気が、自分の不注意と責任によるものだと言わんばかりの口調だった。

「いつからお臥《ふせ》になられたのですか」

「きのうの午後、本堂の階段《きざはし》のところでお転びになられてからだ」

「お醫者さんは、どう申されましたか」

「脳溢血《のういっけつ》と言っておられた。やはりおとしめしにとっては、木《き》の芽《め》どきというのは、悪い季節なのかな」

祖母は珍らしく大きな寝息を立てておられた。

〈普段から精進料理中心の食事だし、特にお好きだったおくもじ〈菜類など漬物〉など塩気の多いものは、健康上のことを考えて余り召し上らず節制に努めておられたのに……〉

寝《やす》んでおられる祖母の顔色も皮膚の艶もよく、危篤だという実感は湧いてこなかった。

「公親さん、お茶にしますからどうぞ」

叔母が言いに来たので、私達は病室を出て庫裏《くり》に行った。

本堂から庫裏への渡り廊下沿いには連翹《れんぎょう》の生垣があり、黄色い花の鮮やかな色が強く眼に沁みた。

お茶を飲みながら私は不図《ふと》、祖母の死のことが頭を過《よぎ》った。

もし祖母が亡くなられたら、一番私と血の繋《つな》がりのある身内はいなくなり、私はまさに天涯の孤児になってしまうのだった。

ここにいる夫婦を叔父叔母と呼んではいるが、私の母とこの叔父との関係は複雑で、姉と弟ではなく、血統的には従姉弟《いとこ》でありながら、戸籍上は姉弟《きょうだい》という関係になっている。祖母の弟公泰が急死したときに直系である私が御園生家の養子となり、家代々の当主が使用する「公」の字を名前に冠し、御園生公親となったのである。

祖母の病状は一進一退であったが、私が奈良に駆けつけた日から三日目の午後、容態が急変した。

主治醫が直ちに来診してくださったが、年齢と病状とには打ち克てず、その日の夕方臨終を迎え、私が傍らにいることすら気付かれることもなく、また言葉一つ交わすこともなくあの世へ、旅立っていかれた。

枯葉が風に吹かれて、自然に枝から離れ散っていくような、静かで寂しい死であった。

主治醫も、

「なにぶんお年を召していらっしゃいましたし、……それにご立派な恵まれた天寿を全《まっと》うされたのですから……」

と、年齢相応の往生で亡くなったのだから、寧ろお目出度い死であると言わんばかりの挨拶だった。

醫者としては、身内に対してこういう挨拶の言葉しかないのだろうが、私には非道《ひど》く胸に堪《こた》える残酷な言葉だった。

思えば昨年二月傘寿を迎えられたのだし、寧ろ長命だったのだから、目出度いことに違いない。寧ろ私としては、もう少し孫としてお仕えし、一緒に過す時間を持つべきだったのである。

両親亡き後、血の濃さから言って、私が祖母と一緒に住むのが自然だったのだろうが、私は大学を卒業したとは言いながら、引續き大学院生として研究中の身の上だった。

また祖母は祖母で独身の私と住む気はなく、また頑《かたくな》に奈良以外の地に住もうともされぬので、この叔父夫妻にお世話を願うしかなかったのである。

私の祖母に対する思い出は懐しい。

私が母に連れられて、奈良の叔父の寺に住んでおられた祖母に逢いに行ったのは、二歳か三歳の頃だったろうか。

母から祖母のことを聞かされてはいたが、逢ったのはそのときが初めてだった。

「公親だね。大きくなったこと。

——さあ、おばばのところへおいで」

私は素直に祖母のもとに行き、膝に抱かれたのも、なんとなく親しみを感じたのも、やはり肉親に対する情というものだったのだろう。

私は直ぐ祖母に馴れて話すようになった。

「おとしめし（お歳召）は、どうして神戸の僕のお家《うち》にいないの」

祖母は笑いながら、

「おばばはね、奈良が一番好きだからだよ。それより公親がこち（こっち）においでなさいな」

「ぼくいゃーだ。神戸の須磨の方がいい」

「おやおや。嫌われたこと」


父母は祖母の隠居場所として須磨をお勧めになったそうであるが、奈良はご先祖代々の縁《ゆかり》の地だからと申されて、頑《かたくな》に離れようとはされなかったのだという。

二回目に祖母に逢ったのは、同じ年だったかその翌年だったか、その辺の記憶は曖昧模糊としているが、このときは祖母と母と私の三人で、帯解《おびとけ》というところにあるお寺を訪ねた。

この寺には孝明天皇の猶子《ゆうし》であらせられる伏見宮文秀内親王が、門跡としてお入りになられた歴史から、お寺ながら「御殿」と呼ばれていた。

この寺に私達三人は、ご挨拶のため祗候《しこう》したが、薄れた記憶の中でもその日のことをよく覚えているのは、大勢の法被《はっぴ》や前掛けの作業着の人達が、植木の手入れや庭の草毟《むし》りや掃除をしていたからである。

後で祖母に尋ねたところ、それは天理教の信者さんが行う「ヒノキシン」というものだと教えて下さった。幼い私にはなんのことだかわからなかった。後年「ヒノキシン」とは、天理教の信者が行う労働奉仕であることがわかった。

この寺と天理教の係わりは、なんでも天理教の開祖中山みきという人が、政府当局から宗教的弾圧を受けたか、受けそうになったとき、開祖がその難を逃れこのお寺で保護されたとかで、いわゆる法難を避け得たお礼に、定期的にヒノキシンを行っているのだということだった。

私達は信者らが働いている庭に面した廊下を渡り、案内の尼僧に導かれて奥の部屋へ行った。御簾《みす》の掛かった部屋の床の間の前に、尼さんがお褥《しとね》に坐っておられた。

その尼さんがどういうお方か、私にはわからなかったし、初めてお眼にかかる人だった。祖母の傍《かたわ》らに母と私が並んで坐ると、祖母は恭《うやうや》しく頭を下げられ、母と私も祖母に倣って頭を下げた。

祖母は頭を下げられたまま、挨拶の言葉を述べられた。これが言上《ごんじょう》というものらしかった。私も豫め申し述べる短い言上の言葉を、祖母から教えられていた。

「ご前《ぜん》さん、恐れ入ります。

こなたが暈尾《てるお》、こち（こっち）が公親《きみちか》でござります」

尼さんは頷かれ、母をご覧になり、次いで、

「そもじが公親。お行儀のよいこと。

さあ、こちへおいでなされ」

とにこやかに申された。

私はなんのためらいもなく座を立って、尼さんのところに行くと、膝に抱きかかえられた。

僧衣から良い薫りが漂っていた。

「重いこと」

と仰しゃられると、私の頭を撫《な》でてくださった。

「恐れ多いこと、公親、こちへ来なされ」

直ぐに母のところへ呼び戻された。直ぐその後で母はご挨拶の言上を申し述べ始めた。

祖母の言上よりやや長い時間だった。当時は勿論言上なるものがなんであるのか、私が一切知る由もなかった。

たゞ、あまり聞き馴れない言葉が多く、その意味もよくわからず、呪文《じゅもん》のように聴えた。しかし処々に、祖母と母とが用いている日常の会話の中の、私の知っている言葉のいくつかが混じっていた。

母の言上が終ってから促され、私は練習していた言上を申しあげた。よく廻らない口で、意味もわからないまま必死になって言上を述べた。門跡さんはお笑いになって、私が言い終ると、

「オチゴさん。よくできました。ご褒美にイシイシ（団子）をお貰いなされ」

と申され、下座《しもざ》に控えているお次《つぎ》の尼僧にお命じになられた。


私の祖母は権典侍《ごんのてんじ》の候補者の一人に挙げられ、十歳のときにこの門跡寺にお住いになられるようになった由であるが、伏見宮の内親王がこのお寺の門跡になられることが決まったので、そのまま新門跡とご一緒に引續き住まわれていたという。しかし後《のち》に得度はされず剃髪もされず、有髪のままここにお住まいになっておられた。

その後、この寺にお出入《でい》りのどなたかに見初められて身重になられたのだが、世間体もあり、祖母が十九歳のときに父の御園生公胤《みそのうきみたね》の寺にお下《さが》りになられ、お子をお産みになられたのである。

月満ちて生れたのが私の母で、暈尾《てるお》という、一般の女性としては珍らしい名が付けられた。恐らく祖母の相手の男性の命名だろうが、生まれてくる子が男であっても女であっても、どちらにでも通用しそうな名前だった。

当時は、いわゆる「父《てて》なし兒」を生んでも、上《うえ》つ方《かた》となんらかの関係があれば、知る人ぞ知

るの言葉があるように、父が誰であるかということは、詮索しなくても公然の秘密として世間に知られていたのだろう。

祖母が息を引取ると、直ぐ北枕にして顔に白い布が掛けられ、生前祖母が肌身離さず胸元に差しておられた懐剣が布団の上に置かれた。この懐剣は私にも思い出があった。私がやっと三、四歳位の年頃だったと思う。その日のことをよく覚えているのは、祖母が珍らしく須磨に来ておられ、雨降りの日だったからである。

私は書生の熊さん――睫《まつげ》も髭《ひげ》も毛深く黒いのでそう呼ばれていた――に、笹の枝に小石を結んだ紐をつけてもらい、釣竿に見立て縁側から庭にできた水溜りに投げて、魚釣り遊びをしていた。

雨が降ると、私は飽きもしないで、よく同じ遊びをしていたものだ。

「公親、どんなおまな(魚)が釣れるのかしらね」

と声をかけられた。

いつの間にか祖母が、私の傍らに来ておられたのだった。

私はしたり顔で枝先を少し動かし、暫くして石の重みで撓《しな》う竹枝の穂先を上げ、

「おばばさま、見て見て、釣れました」

と燥《はしゃ》ぐと、祖母も一緒に調子を合わせ、

「おやおや、本当に大きなおまなだこと」

と言われた。

そのとき、私は祖母の胸元の帯に、錦織りの袋を紫色の太い紐で巻き、結んだものを差しておられるのに気が付いた。

「おばばさま、それなぁーに」

「あゝ、これは懐剣というものだよ」

「見せて」

「危ないから、外だけを見せてあげる」

錦の袋から細長い黒い漆塗りの小さな刀を見せてくださった。鞘《さや》の上には金の菊の御紋章が、填《は》め込まれてあった。

刀は子供には危ないからと、見せてはもらえなかった。

祖母がなぜこのような刀をお持ちだったのか、未だによくわからないし、また、どういう謂《いわ》れがあるのかもわからない。しかし、今でも懐剣に填め込んだ菊の御紋章のことは、鮮やかに瞼に浮んでくる。

あの懐剣はどうなったのであろうか。

誰が引継がれたのであろうか。それとも叔父が保管しているのだろうか。その後この懐剣の行方は杳《よう》としてわからない。

私の幼年時代の想い出でもう一つ腑に落ちないことがある。私がその日神戸の家の庭で、巣から出てくる蟻の行列を見ているとき、二人の洋服を着た男の人が表門から玄関まで入ってくるのが見えた。まだ洋服を着た人が珍らしい頃だった。一人は年輩の立派な洋服を着て中折れ帽子を被った人、もう一人の人は年齢的に若いが同じく洋服姿で、手に三輪車を提げていた。まだ三輪車が子供にとって贅澤品と一般に見られていた頃のことであり、又、持っている子供は殆どいなかった。

私は珍らしい三輪車に気を取られて、どうするのかしらと疑問に思っていた。母とこの二人の男の人との間で、どのような話があったのか、私にはわからなかったが、三輪車はそのまま玄関口に残して二人は帰っていった。

母が見ず知らずの人から子供用の三輪車を受取ったとは考えられず、当然、父にも話されたことだろう。贈主の名前を聞けば、母は總て了解したに違いない。

私はこの三輪車が、どういう謂れがあるのかわからないが、私への贈物であったことは、翌日、母から私に三輪車が与えられ、乗って遊んでもよいと許可されたことで得心した。私は早速庭を行ったり来たりして遊んだ。

大きくなってわかったが、この三輪車は私の祖父が私に贈ってくれたものだった。

よく世間では自分の子供より、孫の方が子供以上に可愛いと言うが、母の父が孫である私のために贈ってくれたものだったらしい。

世間的には「知る人ぞ知る」ことであっても、表だって公然とは父娘《おやこ》や孫の名乗りができない場合があったのに違いない。

もう一つ、私には今でも疑問に思うことがある。母と私が奈良のどこかの寺に出掛けたとき、ある大きな寺の住職が私を繁々と見て、

「やはり血は争えんものですな。お孫さんやさかい当然やけど、あのお方にそっくりであらっしゃる」

と言われた。私は未だに誰に似ているのか、そう言った住職も他界され、永遠の謎となってしまった。

第一章

祖母の告別式はしめやかに行われた。

古くから興福寺に関係のある官府衆徒と称する家柄同士が「ご同列」と称し、明治維新後も家同士で親しく交際を続けていた。しかし、帯解の尼寺から叔父の寺にお下《さが》りになられてからの祖母は、ひとさまと殆どお会いにならず、ひっそり暮しておられたようである。

私は叔父のお経を空《うつ》ろな気持で聞いていた。

「……あしたに紅顔ありて、ゆうべ白骨の身となり……」

このお経を耳にしたとき、流石《さすが》に胸が詰《つま》り、元気だった頃の祖母の思い出が脳裡に浮び、涙が頰を伝わった。

私はお棺の傍らに立って、焼香してくださる会葬者一人一人に深々と頭を下げた。その中には、よく祖母のところに来ておられた「ご同列」の奈良公家衆の知合いもいたが、私は殆ど面識がなかった。

幼年時代と少年時代は神戸、大学からは京都、卒業後も引續き大学院生となった私は京都住いで、土日にしか奈良に来なかったのだから、言葉を交わした人は殆どいなかった。それに祖母は門跡寺を下られてからは、ひっそり暮しておられたので、極、限られた婦人しか出入りがなかったようだ。

それでも別名「御殿」と呼ばれているお寺に、宮門跡と一緒に住んでおられたことはよく知られていたので、縁《ゆかり》があるらしい方々は、会葬者として参列されていたようだった。

これら黒紋付の婦人方の中に、一際《ひときわ》目立って色白の中背《ちゅうぜい》の婦人がいた。髪を無造作に束ねたその婦人は、私に深々と頭を下げて挨拶されてから御棺の前に進み、ゆっくりと焼香を終えると、小粒の紫水晶《アメジスト》の珠數《じゅず》を手に掛けてから眼を閉じ、長い間合掌されていた。

年格好から考えて、祖母と古くからのお知合いのようには思えなかった。日本婦人の中でも色白の方で、なんとなく病身らしく見えた。合掌を終えると顔を私に向け、私の悲しみに同情するようにじっと御覧になってから軽く頭を下げられ、会葬者席に戻っていった。

愁《うれ》いを帯びた白い横顔と小粒の紫水晶の珠數の光が深く印象に残った。世を忍ぶように暮しておられた祖母にも、この婦人のように若いお知合いがあるのが、私には意外に思えた。

茶毘所《だびしょ》で遺骨を拾ってくださった人達は、更に限られた人達ばかりだったが、その中に「そのひと」も交じっていた。

私が先ず祖母の骨を拾い骨壺《こつつぼ》に入れ、叔父叔母が私に次ぎ、「そのひと」も鄭重に骨を拾ってくださった。白く細い指が微かに震えていたが、急に嗚咽《おえつ》が漏れた。お骨《こつ》を壺に納めると、急いで袂《たもと》からハンカチーフを出して、涙を拭われて、眼元を押さえたまま後ろに隠《かく》れるように退《さが》っていかれた。

遺骨は私が抱いてお寺に帰り、本堂の阿弥陀如来像前の須弥壇《しゅみだん》前の台座の上に一時安置した。私は本堂前の庭に面した階段《きざはし》に腰を下ろし、あれほど色艶《いろつや》もよく元気だった祖母が、変わり果てた形になったことを思うと、涙が流れて仕方がなかった。

私は慟哭《どうこく》したいような衝動に駆られながらも、必死になって堪え、祖母の冥福を一心に祈った。

幼い日から一番好きで思い出も多い祖母が、こんな小さい遺骨壺《いこつつぼ》の中に閉じ込められていることが、侘しく悲しいことだった。

しかし、生《いき》とし生《い》けるものは、どんなに好きで愛する人であっても、いつかは別れねばならず、このような悲しみを味わわねばならないのだろうか。人の世とは、所詮こういうものであろうし、誰も避けられない宿命なのであろう。

人の死の問題、昔から人はどのように考え、どのように対処してきたのであろうか。

祖母も祖母なりに、年齢を重ねる毎に、死というものについてお考えになられたことであろう。

祖母にとっては御仏《みほとけ》にお仕えし、總てをお任せして往生を遂げられることを至高の目標とされたのであろうか。


奈良に来た私が階段に腰掛け庭を見ていると、いつも祖母が後ろから、

「公親、お茶にするからおいでなさい」

と呼び掛けてくださったものだ。今にもその声が聞こえてくるような気がする。

祖母は朝と夕の二回、決まった時間に、この本堂の仏前で欠かさず勤行《ごんぎょう》をしておられたものだ。同じ音量と響《ひびき》が今も懐しく甦ってくる。


突然女の人の声で私の名が呼ばれた。振向くと「そのひと」が立っていた。

全く豫期もしていなかったので、私は吃驚するとともに一瞬顔が強《こわ》ばるのを覚えた。

「叔父さまが、お呼びになっていらっしゃいます」

と言われた。

「有難う」と軽く頭を下げ、お礼を言ってから私は、そのひとに従って庫裡《くり》に行った。

「こちが公親でございます。今、京都大学の大学院で、美学とやらいうものを研究しておりま

す。こちらさんが藤波さんとおっしゃる方だ。京都からおいでになられた」

私達は初めて正式に挨拶し合った。

眸《ひとみ》の澄んだ美しい眼の方である。

表情の中にどことなく冷たい、侵し難い品と威厳があった。その色白の容貌のためかも知れなかった。

叔父夫妻は藤波さんと生前の祖母の思い出話をしておられた。しかし、何故か私は如才なく話に入っていけない質《たち》で、話を聞いているよりほか仕方がなかった。

「そのひと」は、話の途中で時々私の方を御覧になって微笑《ほほえ》まれた。

私はこうしているときも、研究発表のことが気になっていた。

この研究は大学院で私が発表する最初のもので、将来私がどの方面に進むにしても、重要な第一歩となる研究であった。

祖母の危篤という事情のため、指導教授に発表の延期をお願いした手前、早く京都に帰り、慎重に稿を練り、準備せねばならなかった。

私は一刻も早く京都に帰りたかった。その希望を述べると、叔父は驚き、

「葬式のあった日ぐらいは、どういう事情があるにせよ、奈良に泊ったらどうだ」

と窘《たしな》めて不満そうに言われたが、私は自分の将来に係わりのあることなので、自分の意志は通さねばならなかった。

「まあ、公親の事情もよくわかるが、世間的にはひと聞きもよくあるまいな」

と言われたが、それ以上何も口煩《くちうるさ》くは言われなかった。

「そうか。やっぱり帰らねばならないのか」と独り言のように言うと、藤波さんに、

「公親はどうも気紛れな凧みたいところがありますので……。京都までよろしゅう伴に連れていってやってください」

と言うと、

「はいはい。かしこまりました。凧の糸はしっかり握って参りましょう」

と、私をご覧になりながら再び微笑まれた。


山門を出ると、私達は土埃の道を上高畑町《かみたかばたけ》へ向かった。遙か遠くに見える農家の白壁に、夕陽の残照が美しく映えていた。

「公親さまは、大学院で美学をお勉強中と伺いましたが、どういう学問なのでございますの」

私の沈黙の糸口を解《ほぐ》されるように質ねられた。しかし、美学がどんな学問かと質問されても、大変難しく簡単に説明するのは困難であった。私は通説的な説明しかできなかった。

「一口に美学と申しますのは、自然や藝術における美について研究する学問で、美的事実一般を対象として、その内的・外的条件と基礎を解明しようというものなのです」

「あら、とても難《むつか》しいご研究ですこと」

「木で鼻を括《くく》ったような説明で、申訳ございませんが、美学とはそんなものなのです」

「ものごとを深く考えることに不向きな女にとりましては、大変むつかしい学問ですわね」

私にしても、美とはなんぞやということすら、よくわからない。結局わからずじまいで終ってしまうのかも知れない。

藤波さんは、それ以上私の研究の美学のことは、お尋ねにならなかった。

「奈良駅へは、破石《わりいし》からバスで参りましょうか」

藤波さんは、それには何も仰しゃらず、

「もしおよろしかったら、飛火野《とびひの》の方を通ってみませんこと」

私は彼女の申出に従うことにした。

私はできるだけ早く京都へ帰りたかったが、結局飛火野を歩くことにした。私は奈良に来ると平生バスには乗らず、駅前の登大路を通って、春日大社から若宮社《わかみややしろ》の近くの静かな道を抜け、北高畑通を横切り福井大師の前を通るので、飛火野近辺のことはよく知っている。ここからは春日大社まで近い距離である。

藤波さんと祖母とはかなり年齢差もあり、一体どういうお知合いなのか、焼香してくださっているときから私は疑問に思っていた。

「祖母とは前々からのお知合いでいらっしゃったのですか」

「はい。短い期間ではございましたが。

「……私のお香のお師匠《ししょう》さんでいらっしゃいましたの」

祖母が門跡寺で、お家流《いえりゅう》の生け花、和歌、書道、お香などを嗜《たしな》んでおられたことは、前からよく聞いてはいたが、ひとさまにお教えするようになられたのは、お寺下りをされてから後のことであろう。

「祖母がひとさまに、ものをお教えするのは大変珍らしいことですので……」

私が京都で生活し、奈良の祖母に逢いに行くと、祖母は独りでお香のお点前をしておられるのを見かけたものだ。

灰押《はえおし》で杉成《すぎなり》を作る最中だったり、また静かに聞筋《ききすじ》を作り小筋《こすじ》をつけておられるところだったり、火穴《ひあな》をあけ、上に銀葉をのせておられたり、一連の流れるような作業の最中だったりする。私は傍らで息を潜めて、祖母の点前で静かに拝見する。するとお点前を續けながら殿御の嗜《たしな》みとして、お道具は勿論、お香を聞く作法くらいは覚えておくように諭されたものだ。晩年の世捨人のような毎日を送っておられた祖母が、ひとさまになにかをお教えになるとは想像もできなかった。

「いゝえ、わたくしが無理をお願いしたのでございます。世間でよく申しますでございましょう。押しかけなんとか。それなのでございます」

とお笑いになられた。

「わざわざ、ここまで」

「はい。週に一回だけでございましたけれど……」

「三条西家のお家流と志野流の二派があると聞いていましたが――」

「宮門跡さまのところのは、やはりお家流のようでございました」

「当節は、香木を手に入れるのが大変なようですね」

「はい、――でも京都の烏丸《からすま》には、代々取扱ってきたお店がございます。

香木と申すお品は、値《あたい》も当節むつかしゅうございます（値段が高いの意）。

お稽古用の白檀《びゃくだん》や安息香《あんそくこう》に致しましても練香《ねりこう》に致しましても、お品《しな》によっては低くはございません（安くないの意）。

正倉院《しょうそういん》の御物展《ぎょぶつ》で、初めて蘭奢待《らんじゃたい》と申しますす有名な香木を拝見したことがございます」

「東大寺とか申す名香ですね」

「はい。よくご存知でいらっしゃいますこと。流石《さすが》お齢《とし》召《め》しのお孫さんは、お違いでいらっしゃいますわ」

「いゝえ、門前の小僧とか申しますあれなんです」

「押しかけなんとかに、門前の小僧でございますか。面白い対句《ついく》ですこと」

とお笑いになった。

「実は、わたくし本を讀んでおりましたら、蘭奢待の文字の造りを分解すると『東大寺』となるとか。初めて知りました」

「この名香と関連しますのが、歌舞伎にも淨瑠璃にもなっている假名手本忠臣蔵の最初の『冑改《かぶとあらため》』の場で、足利直義が討死した敵将新田義貞の冑を鶴ヶ岡八幡宮に奉納するため、義貞の冑を選び出す場面がありますね。

後醍醐天皇が、義貞の出陣に際してこの蘭奢待を下賜され、これを炷《た》きしめていたので、討死をした澤山の武将の冑の中から義貞自身の冑《かぶと》を選び出そうという場面で、名香は独特の薫《かおり》を保ち続けたからだと申します。この蘭奢待という名香は、沈香《じんこう》の一種だと聞いております」

「まあ、驚きました。そんなことまでご存知でいらっしゃるとは、本当に驚きました。公親さまの前では、滅多なことは申せませんわ」

「いえ、いえ、私も聞きかじっているだけです」

「これからは、なんでも公親さまからお教えをいたゞかねばなりませんわ」

と呟《つぶや》くように言われた。

春日大社の杜《もり》の樹木の葉叢《はむら》から漏れてくる夕陽が、ちらちらと藤波さんの顔に映えた。

彼女は眩《まぶ》しそうに眼を細められ、右手の袖口を押さえると小手を傾《かし》げて光を避けた仕草が、私には愼《つつ》ましく優雅に思われた。

奈良公園には、観光客らしい人影も少なくなり、二、三頭の放れ鹿が餌を求めて彷徨《さまよ》っていた。

近鉄奈良駅からの急行は空いていた。

途中、暮れなずむ窓外を眺めながら殆どお話らしいお話もしなかった。私は藤波さんがお話しになる質問に短く答える以外、殆ど無口だった。婦人にどう対応してよいのか判らなかったからである。

三条の終点で降りると、私はタクシーを拾い、叡山電車の出る出町柳まで藤波さんを送って差上げた。

「わたくし母と二人きりで、修学院離宮道の近くに住んでおります。むさくるしいところではございますが、是非一度お越しくださいませ。お待ちしております」

私は彼女と別れてから、今出川通を東へ歩き百万遍に出て、神楽岡の家に帰った。

第二章

祖母の死と、遅れていた研究発表を終えたとき、既に春も終りに近かった。

気に懸っていた一つの仕事を終えた後の気疲れと、もの憂《う》い解放感から珍らしく朝寝をした十時過ぎ、叔父からの手紙が届いていた。

祖母の死で急に寂しくなり、毎日ぼんやりしているのではないか。今までどおり奈良には来るようにとあった後に、藤波さんがお墓参りに来てくださった旨が書かれ、私の方から必ず藤波宅へお礼の挨拶に行くようにとあった。

叔父らしく住所と電話番号が記してあり、更に適宜贈物を選び持参するようにと書き添えられていた。

しかし、一日二日と延ばしているうちに、一週間が経ってしまった。

そのままにしておく訳にもいかず、遂に意を決して藤波さん宅へ電話をかけた。

女中らしい若い女の声の後、藤波さんが電話に出られ、お待ちしていますのでお越しくださいますようにと、鄭重なご挨拶があった。

私は神楽岡の斜面を下り、市電の銀閣寺停留所に出て、今出川通を西へ歩き、大学農学部近くの喫茶店で、簡單な早昼を済ませると、百万遍を西へ歩き叡電の出町柳まで歩いた。

この電車に乗るのは二回目だった。最初は研究室のピクニックで貴船《きふね》に出掛けたときで、修学院駅を通ったことはあるが、降りるのは今日が初めてであった。

茶山の駅を過ぎ一乗寺に向かうと、緑の多い田園風景になる。次の修学院駅を降りて白川通を横切り、音羽川沿いに修学院離宮道を歩いた。

途中の店屋で藤波という家のことを聞くと、人の好さそうな店屋の主人が、

「あゝ、あの洋館建の別荘ですかいな」

と教えてくれた。

日本家屋の多い京都では珍らしい、西洋風の建物なのであろうか。別荘と洋風建物とは別に関係はなさそうに思うが、土地の人達は別荘と呼んでいるらしかった。

教えられたとおり、洋風建物は直ぐわかった。古びた赤煉瓦のアーチ風の門に、辛うじて「藤波寓」と讀める墨字《すみじ》の浮び上がった古い表札が塡《は》め込んであり、それを縁どるように淡黄緑色の蔦《つた》の葉が覆っていた。

門をくぐって敷石沿いに行くと玄関があり、鉄格子の覗《のぞ》き窓のついた頑丈な厚い木の扉があった。確かに別荘と言われるのも納得できるような洋館であった。

私は呼鈴《よびりん》を押したが、ひっそり閑《かん》として物音一つ聴えてこない。

玄関の左右に柾《まさき》の生垣があり、右側の竹の枝折戸《しおりど》からは見事に枝を張った松の古木や、苔む

した石燈籠のある内庭が見えた。

左側の生垣から見た菜園は、その果ての道路との境が杉木立になっている。

二回目の呼鈴を押そうとしたとき、覗き窓が開き、十七、八歳ぐらいの色白で円顔の女の顔が見えた。

「どなたはんどすか」

と聞いた。こちらの名前を告げると、

「ちょっと、待っておくれやす」

と丁寧な京都弁で答えると、覗き窓が閉められた。

暫くすると重い扉が開き、鄭重な東京言葉で、

「どうぞ、お入りくださいませ」

と言ったが、京都のアクセントが残っていた。

通された二十畳ほどの應接間兼書斎の一隅には、火床付マントルピースがあり、その上には大理石に填め込まれた置時計があり、その後ろの壁は金色の唐草模様の彫刻で縁取られた大きな鏡が填め込まれている。その鏡のほぼ対角の壁に、大礼服を着て見事な髭を蓄えた人の写眞が掛かっている。これは恐らく、藤波家の当主が、宮中での何かの儀式のときに撮影した記念写眞であろうか。

その右側の天井から床までの備え付けの本棚には、革張りの洋書が並んでいるが、私の腰掛

けているところから、表紙の文字は讀めない。

本棚の前にマホガニー製の大机と頑丈な椅子が置いてあり、上にはペンホルダー付きの大型インクスタンドと舟型のブロッティングペーパーが置いてある。

肱掛椅子のすぐ後ろの棚には、三冊一組のフランス語のラルース辞典、それと並べて置かれているのは、オックスフォードの英仏辞書らしい。

恐らくこの部屋は、藤波家の当主が生前ここを應接室兼書斎として使用していたのだろうか。この家の主人が、ちょっと席を外《はず》しているかのように、机の上はそのままの形で置かれており、今にでもここに戻ってくるかのような雰囲気が漂っている。

生前の部屋の狀態をそのまま残されているのだ。藤波家の当主は、何をしておられた人だろうか。書棚にはまだペーパーナイフで切ってない假綴じの書籍もかなり置いてある。

庭に面した硝子戸を通して、花壇と温室が見える。その上部に眼を向けると、彼方に比叡山の四明ケ岳《しめいがたけ》が見え、部屋からの借景となっている。

二十分ほどして、衣擦《きぬず》れの音がして藤波さんが来られると、華やかな美しい顔が微笑《ほほえ》みかけ、声を掛けられた。

「ご機嫌よう。公親さま。ようこそお出ましくださいました」

私は椅子から立ち上がると、

「ご機嫌よう。お歳召しのお墓参りをして頂きまして有難う。今日までお礼参上もせず、恐れ入ります」

「ご鄭重なご挨拶有難う。

——ここおわかりになりまして」

「一度だけ尋ねました。洋館建の別荘と言われました」

「面白い説明ですこと」

と笑われ、

「この辺りでは、ちょっと珍らしい建物だからでしょうね。

——今日はわざわざお運びいただきまして恐れ入ります」

優しさの中にある威厳に満ちた品位。歴史的に培われてきた、環境的なある種の近付き難いような冷たさ。しかし、微笑まれると、表情には温かさと優しさが滲《にじ》み出てくる。

「お寂しくなられましたことでしょう」

「はい。——でも、いつも離れて別々に暮していましたので、馴れておりました」

「そうはおっしゃられましても……。

これを機会に、お気兼《きが》ねなくお越しくださいませ」

「有難う」

マントルピースの上の置時計が、シューベルトの「野薔薇」を奏《かな》でた後で、三時を打った。

「父がスイスのジュネーヴで買ってきたもので、父の思い出の品でございます。

「さあ、三時のお茶にしましょうか。食堂へ参りましょう」

食堂は應接室から階段を二段降りたところにあり、更に広かった。

應接室の背の部分は食器棚で、東に面した庭の見渡せる一隅に炊事場があり、木製の冷蔵庫とガスコンロが置いてあった。炊事場の流し前の窓を通して、先程玄関脇の生垣越しに見えていた石燈籠と松の古木が見える。

「ご免遊ばせ、今日は生憎母が留守をしておりまして。お茶は應接室にお出しするのですけれど、内輪の方々にはここで差上げることにしております」

と言われてから、出迎えてくれた女中に、

「千勢《ちせ》さん、紅茶の準備をね」

と言われた。

「かしこまりました。若奥さま」

テーブルにはダマスカス織のクロスが掛けてあり、銀器のティーセットが準備されていた。重厚な感じの茶道具はマッピングアンドウエップ製らしかった。

紅茶茶碗は上品なデッサンの大蔵陶園のもので、備品は和洋折衷のようだった。

「公親さま。お茶はミルクとレモンのどちらになさいますか」

「ミルクをお願い致します」

「かしこまりました。

――ミルクは先になさいますか。それとも後に」

「では、先に」

「わたくしも、そうですの。その方が紅茶によく馴染んだ味になるように思います」

藤波さんは早速ミルクをカップに注がれてから、紅茶を入れてくださった。

私は砂糖を入れず紅茶を飲んでみた。香《かお》りと味はアッサムの味わいであった。

薄焼のサクサクした扇型のクッキーズを見て、私が高等学校に入学したお祝いに、父がオリエンタルホテルに招待してくれたときに、食後のデザートに出されたヴァニラ・アイスクリームに添えられていたことを思い出す。

東北側の硝子戸越しに藤棚が見え、西北の彼方に修学院離宮の杜が望まれた。

薄紫色の藤の花が、房状に垂れ下がっている。藤棚下に陶器製のテーブルと円い腰掛けが置いてあり、その横に小さな泉水がある。その一隅を囲《かこ》むように、新枝に紫色の小花が円錐《えんすい》状につき、これから咲こうとしている。

私は珍らしい花があるものだと眼を留めていると、藤波さんは直ぐにお気付きになり、

「あの円錐状の紫色の花は、なんの花かおわかりかしら」

「実に珍らしい花があるものだと、思っていたところでした。ライラック、フランスでリラと呼んでいる花ですね」

「お偉いわ、公親さまはなんでもよくご存知だこと。うちにおいでになる方で、言い当てられ

た方は、いらっしゃいませんでしたわ」

「春に咲く花ですし、今頃ちょっと遅いかなと思っていました」

「亡くなりました父が、フランスを偲んでどこかで苗を手に入れ、ここに植えたのでございますが、首尾よく根付きましたわ」

藤波さんは千勢さんに花鋏を持ってくるように言ってから、

「ちょっと、お待ち遊ばせ」

と軽く会釈され、庭下駄を履いてから木の傍に行き、枝ぶりを見てから袖口を押さえて鋏を入れられた。冴えた音がした。そして剪《き》った枝を私に見せ微笑まれた。

白っぽい顔が、なんとなく弱々しく見え、ひ弱な脆《もろ》い花弁《はなびら》のように、私には痛ましく見えた。淡紫の花は、藤波さんのお好みなのだ。

枝を持って部屋に入って来ると、花独特の芳香も一緒に部屋に薫ってきた。

千勢さんが持ってきた花瓶に挿す前に、花に顔を寄せられ、暫く花の薫りを懐しむように、眼を閉じておられた。

頬がほんのりと紅潮していた。どことなくお疲れの様子が見えた。ひょっとしたら健康を害しておられるのではないかと思った。

初めて藤波邸を訪ねて十日ほどして、昼食にお招きしたいとの藤波さんのお母さまの希望もあり、私の都合のよい日についての問合わせがあった。

私はその週は金曜日が空いていたので、その旨を返事すると、ではお待ちしますとのことであった。

当日、展示の最終日となる野村美術館に立ち寄って、陳列されている古朝鮮の白磁の陶器類を見ておきたかった。私は白磁が特に好きだった。いつもそうであるが、名品を見ると、後で必ず眩惑《げんわく》されて疲労を覚えるのであった。

私は美術館を出ると、「哲学の道」と呼ばれている疎水縁《べり》沿いに銀閣寺道に出て、今出川通を歩き、加茂大橋の手前で右折し出町柳の駅までゆっくり歩いた。

机に向かう時間の多い私には、健康と気分転換に程よい散歩になった。

藤波邸に着きアーチ風の煉瓦門を潜ると、二階の窓のカーテンが、風に軽く揺れていた。呼鈴を押すと、女中の千勢さんが覗き窓から愛嬌のある円顔を見せ、直ぐに應接室に案内してくれた。待つ間もなく藍色の大島紬《つむぎ》を召した婦人が来られた。親娘《おやこ》だから当然ではあるが、直ぐに母親であることがわかった。言葉遣いから物腰までが生き写しで、藤波さんも齢をとれば、このようになられるのかと思った。

「ご機嫌よう。御園生公親でございます」

「ご機嫌よう。この前お越しいただきました日は、ちょうど外出しておりまして、お目文字叶わず、ご免遊ばせ」

窓から馥郁《ふくいく》とした香《かおり》が、今日もまた薫《かお》ってきた。

「美也子は、おっつけ参りますので、暫くお待ちになって。温室で薔薇を見てくると申してお
りましたから」

待つ間もなく、藤波さんが白薔薇を一輪手にして部屋に来られた。

薄い紫地に藤の花を画いた小紋をお召しになっていた。

「ご機嫌よう。公親さま。

——手頃なのが咲いておりましたので……」

と、薔薇を私に渡されたので、私は受取って鼻を近付けた。ほんのりとした特有の薔薇の薫《かおり》
がした。

お返しした花を受取られると、千勢さんを呼んで一輪挿《ざし》に挿《さ》して、食卓の眞中に置いておく
ように言われた。

千勢さんが、食事の準備ができたと知らせに来たので、私達は食堂へ移った。

「折角お招き致しましたが、大したことはできませんけれど。

——でも公親さま向きのつもりで、フランス料理の眞似事みたいなものを準備してみました
わ」

食卓には薄いクリーム色の薔薇模様のテーブルクロスが掛けられてあり、同じ模様のナフキンが皿の上に用意されていた。

皿の両脇には、藤波家の家紋らしい刻印をしたナイフとフォークが並べられていた。

先程藤波さんが千勢さんに渡した白薔薇は、一輪挿に挿されてテーブルの中央に置いてあった。それを挟むように、薄いピンク色の薔薇が一輪ずつ置かれていた。

最初の前菜として、茹で蝦《えび》が口広のコップの縁に並べてあり、コップの中に八朔とメロンの賽の目切りしたのをマヨネーズで和《あ》えたものが入れてあった。

次はキッシュ・ローレンヌという卵料理が出て、最後のメイン料理は、牛の脛《すね》肉を赤ブドウ酒で長時間煮込んだブールギニヨンとご飯が出された。

「フランス料理のことは詳しくは存じませんが、父が習ってきた家庭料理とかで、家でもよく作っておりますの」

「大変おいしいものですね」

「あら、それはようございました。お口に合って。ワインのことは、わたくし全然存じませんので、父の好みのものを持って参りました。このブールギニヨンのときには、父は私にいつも赤ワインのシャトー・ヌフ・デュ・パープ、あの法王さんを持っておいで、と言われたものですわ」

「この赤ワインはおいしいですね。料理によく合います」

「デザートは一番簡單なクレーム・ランベルセという卵のお菓子を作ってみましたの」

専門の料理人ではない藤波さんが、このような料理を考えて、食事の準備をしてくださったことはとても嬉しかった。久しぶりに味わった家庭の温かい味であった。

これが和食ならば、京都という土地柄もあって、フランス料理を考えて準備するより、多年培《つちか》ってこられた日本料理の知識で材料を集め、料理を作る方が遙かに楽であろうと思われた。それだけに、フランス料理を準備されたお心遣いが嬉しかった。

第三章

もうすっかり夏である。

町のほぼ三方を山地で圍まれている京都は、夏は特に蒸暑い。

大学院の研究室も夏休暇に入るので、私は北信州の野尻湖にある別荘に行くべく、発送する書籍や年表や辞書類などの準備にかかった。

当時、避暑地としてはあまり知られていなかったが、京都を含め関西に較べると野尻湖も涼しい土地である。

この別荘は、私が大学に入学した年の春に、父が勉強部屋として購入してくれた家だった。

九州宮崎の父方の星野本家の大番頭で、差配人でもあった山中富三郎という人が、同氏の父親の急逝により、徳川時代から續いている老舗《しにせ》旅館を引継がねばならぬことになり、北信州の田口に引揚げて来ていた。

関西から遠く離れた野尻湖に、父が家を購入したのには、こうした伝《つて》があったからであろうと思われる。

次男坊だった父は、宮崎の中学校を卒業すると笈《きゅう》を負って東京に出て、明治法律学校という現在の明治大学の前身の学校で法律を勉強した後、神戸に来たのだと言う。

横浜と並ぶ港で、平家の根拠地でもあった福原、後の神戸に眼を付けたのには、本家星野家の才覚が芽を吹いたのかも知れない。

先ず、港が幅湊《ふくそう》して接岸できず、沖待ちの船舶が多いのに眼を付け、本船から艀《はしけ》で積荷を早く陸揚げすることを考えたようである。

どういう伝からか、神戸の紳商と言われていた、経済界の大物小野寺氏の知遇と協力を得て、艀による小口運送を始め、船主に喜ばれたらしく、父の廻漕業は順調に伸びていったらしかった。

船主としてはできるだけ、積荷を早く陸揚げすること、接岸待ちに伴う費用の増加を削減する必要から、父の考えた艀運送は好評を得て、事業は隆盛に向かったらしく、財をなした父は、次に沿岸輸送の帆船から小型汽船と手を拡げ、遂に中型船は南洋諸島や中国沿岸の都市まで航行するようになった。

父のこのような才覚は、星野家の血の中に流れていたのだろう。父の祖父、八代目の星野六衛門は、気宇壮大な着想を持つ一種の事業家で、宮崎の大淀川の河口に商港を造り、千石船で北九州から関西まで物資を運送する港を建設する計画を立て、地質などの基礎調査を行ったが、港建設地の地盤が弱く、上流からの土砂の浚渫《しゅんせつ》が大問題となり、この計画は基礎調査の段階で結局中止となった。

次いで大淀川の南面に拡がる星野家の広大な敷地に、ルナパークという子供遊園地を造ったが、思ったほど振るわず失敗してしまった。

これら計画した事業は、悉《ことごと》く実を結ばず、それこそ「兵《つわもの》どもが夢の跡」と化してしまったが、懐《ふところ》が深いと言うのか、これくらいで左前になってしまうような家ではなかった。

その後、九代目は先祖の財産を維持するため、新しいことには眼を向けず、地道に山林田畑の維持と、肥料、農機具の問屋としての家業を保持した。

大淀川畔の旧邸の跡はなくなってしまったが、その名を冠する通りが現在でも町名として残っている。

父が私のために別荘を購入してくれた頃が、家庭も事業も順調にいっている頃だったらしい。翌々年私が大学の三年生になった春に、母が心臓脚気とかいう病気に罹り、脚気衝心《しょうしん》も併発し、あっと言う間もなく三日ほどで急逝した。世に言う青天の霹靂《へきれき》とも言うべき呆気ない死であった。私は父からの知らせで神戸に急行したが、母の死には間に合わなかった。脚気衝心という病気が、こんなに急に死に至る病気とは知る由もなかった。幼い頃、この母は自室でよく硯で墨を磨《す》り、筆に浸して文字を書いていた。聞くと写経というものだと教えてくれたが、当時はなんのためかよくわからなかった。

また、着物に襷《たすき》を掛け、鉢巻を締め、白足袋姿で庭に立ち、長い薙刀《なぎなた》の木刀の素振りや型練習をしていた。

母の実家、御園生家は、代々興福寺に所属する奈良法師の家柄とかで、官府衆徒と公称する奈良公卿で、奈良が徳川の天領ではありながら御朱印状で特別に荘園が公認され、ご維新まで北半田町に門構えのある館《やかた》があった。

京都の僧兵とともに奈良法師と称する興福寺に所属する僧兵の勢力は強かったという。

こんなこともあってか、母は女だてらに武芸を磨いていたのだろうか。

私の印象に残っている母は、幼い頃から私に対して行儀作法や口の利き方一つにも誠に厳しかった。とても母に甘えられるような雰囲気はなく、世に言うスキンシップめいたことを受けた覚えはなかった。母の前に出ると私は無言の圧迫感を受け、なんとなく身の縮む思いをしたものだ。

この母とはどういう関係だか私にはわからなかったが、よく九條武子夫人のことを話されていた。父に較べ、母は優しさというより、常に緊張せねばならない気持を持たせる人だった。

幼い日からこんな母に対してきたので、母の死は不思議と悲しくなかった。

母とは対蹠《たいせき》的に、父は私には優しく甘かったので、母の前では常に緊張し、時として萎縮した私が、父に対すると自然とこころが和んだ。

父は九州男子の持つ豪気で太っ腹なところがあるが、大変優しく情けがあり、誠実な人柄だったと思われる。

このような父と母がどういう経緯から結婚することになったのだろうか。

奈良の叔父の話では、神戸の著名な素封家である小野寺氏の推薦と橋渡《はしわた》しとによって夫婦になったということらしかった。

小野寺家は家代々、熱心な仏教徒であり、その富と信仰心から、自分の財産を寺や神社に寄進している関係で、夙《つと》に宮家から得度して僧籍に入った旧皇室とも、また公卿衆とも親交があったらしい。

たまたま独身であった父の誠実な人柄と商才に注目し、そのうえ、財力的に頭角を現わしてきたのが、小野寺氏の眼にとまり、御園生家の息女にはなっているが、さる皇室の御落胤と噂のある母と妻合《めあわ》せられたのだと言う。まさに世で言う「縁は異なもの味なもの」という諺どおりだったらしい。

母が亡くなった同じ年に、父が福岡に旅行中胃の不調を覚え、大学病院で診断を受けたところ、胃癌であることがわかり直ちに手術を受けたが、結果が思わしくなく、暮に近い十二月十日に死亡してしまった。

同じ年の三月と十二月に母と父を失い、私は孤児になってしまった。仲のよい父と母であったが、死亡するのも同じ年とは全く不思議なでき事であった。

一見平穏に見えた私の家を襲った不幸により、私はまさに天涯の孤児になってしまった。私は幼い頃から一家の団欒というものを味わう機会は殆どなかった。同じ家に住んではいたが、食事は父母とは別であった。私はツネさんという女中に傅《かしず》かれ、黒い漆塗りの一人用のお膳で食事をした。父母と食事をともにしなかったのは、恐らく大人と子供とでは食べ物の好みも異なっているし、夜、帰宅の遅い父を待つこともできないので、こういうことになったのだろう。父が帰宅する頃には、私はもう床に入っていた。

日中、私に附添って世話をしてくれるのも女中のツネさんで、他にいたのが海老さんという書生さんで、暇なとき、私をよく須磨海岸に連れていってくれたり、私の遊び相手になって呉れた。

風呂に入れ、寝かしつけてくれるのは、成安さんの妻のトメさんだった。

私が一番好きな人は、成安さんだった。本当の名は米倉成安《なりやす》という名なので、苗字では呼ばず、成安《せいあん》さんと呼びやすい方で呼んでいたらしい。

庭に飛んでくる蝶や蜻蛉《とんぼ》を捕《つか》まえたり、夏に庭木で鳴いている蟬を取ってくれたりしたものだ。いわゆるオトコシという家事一般の雑用を受持っていた。

このような生活だったので、私は殆ど父母と一緒に暮す、いわゆる団欒とは縁遠かったので、父母を相次いで失っても悲しくも寂しくもなかった。

私は夏の間京都を離れることになるので、そのことを藤波さんにお知らせかたがた挨拶に伺った。

「軽井沢なら私も参りましたこともございましたが、野尻湖のことは全然存じませんが、どういうところでございましょう」

「新潟縣に近い北信州の山地ですので、やはり涼しゅうございます。汽車の駅では田口というところで下車します。

——ここは一茶の生れ故郷でもありますし、一茶の句には、身につまされるものがあります」

「痩《や》せ蛙負けるな一茶ここにあり、というのがございますわね」

「はい、——でも私は『われと来て遊べや親のない雀』というのが、今の私の心境にぴったりな印象です」

「お寂しい考えだこと。大学の三年生のとき、同じ年にご両親さまが、相次いで身罷《みまか》られました由を伺い、この句が身につまされるお気持よくわかります。あちらには、お知合いがいらっしゃいますの。お食事のこととか、身の廻りのことはどうなさいますの」

「神戸の家にいた、私が子供だった頃からの成安さんというオトコシ夫妻に、今、住んでもらっています」

「それはようございました。——そうでないと、ご滞在中のお食事のこともあり、大変だろうと思いますもの」

「好都合なことに成安夫妻は、新潟の人達で、田口からそう遠くない関山《せきやま》の在が出身地とかで、野尻湖での生活が故郷に近いので、とても喜こんでいます」

「公親さまというお方は、ご不幸に遭《あ》われても、なんとなく切り抜けられますのね。屹度、前世の功徳がおありなのでございますわ」

成程、私はこれまでいろいろな意味で、何かに守られてきたように思われる。因果応報というのであろうか。

「あちらに長らくご滞在ですの」

「はい、約二箇月ほど」

「そんなに長く」と言われてから、「寂しくなりますわ」と呟《つぶや》かれた。

藤波邸をお暇《いとま》してから私は、出町の郵便局から成安爺やに田口駅着の時間を知らせる電報を打った。

第四章

私は翌日、東京行の夜汽車に乗った。

駅を出ると、汽車は直ぐ逢坂山のトンネルに入る。上りになっているので列車のスピードが落ち、汽車の朦々とした煙が容赦なく車内に吹き込んできて、息もできないくらいになる。いつも東に向かう汽車に乗ると、逢坂山トンネルの油煙に咽《むせ》ぶことになるため、トンネルを出ると直ぐ窓を開け、籠った煙を外に出し、外の空気が車内に満ちてくると、やっとほっとしたものだ。この油煙に咽ぶのを我慢することは、旅の気分を味わう第一歩であり、我慢せねばならない不愉快な通過点のようなものであった。

私は野尻湖に行くときはいつも夜一番遅い急行に乗り、夜明けに名古屋に着き、中央線に乗替えて長野に着く。ここから信越線に乗ると、田口駅にはいい時間に到着できた。

長野に行くには先ず東海道線で東京に出て、今度は上野駅始発、軽井沢経由の汽車で長野に出る方法もあったが、東海道線では国府津で電気機関車の交換時間があり、東京に着いてからも省線に乗替えて上野駅まで行き、ここから再び汽車に揺られて横川迄行き、更にアプト式で軽井沢へ、ここから長野に辿り着くには相当の時間がかかった。従って京都から名古屋に出て、中央本線で長野に出て、ここから信越線で行くのが一番の近道だったし、躰も楽だった。

両親をほぼ一年の間に失って、神戸の家を整理し、女中達にも暇を出した。成安夫妻は私と離れたくないしお世話もしたいと言うので、取り敢えず野尻湖に住まわせることにした。この別荘は夏のためにに残しておきたかったので、成安爺や夫妻に住んでもらうのが、かえって私には都合がよかった。

私は名古屋駅で、成安夫妻のお土産に、ナヤバシ饅頭という名古屋名産の饅頭と八丁味噌を買った。

最初の頃、「ナヤバシ」饅頭は「悩まし饅頭」と聞こえたので、その味に悩まされるくらいに旨い饅頭の意味かと思い込んで、妙な名前だと思ったが、どういう字を書くのかわからなかった。これは私の思い違いで、実際にはナヤバシという場所で作る饅頭らしかった。

信州にも山吹味噌というのはあるが、爺や夫妻は八丁味噌を好んだので、名古屋を通るのでこれを土産にした。重い荷物がなければ、干したキシメンも買って持参したいと思った。信州は蕎麦《そば》の産地であることは、私もよく知ってはいたが、キシメンは歯ざわりが良く、やはり独特の食感があり、おいしかった。

私が夏を過す田口は一茶の故郷で、その近くには実においしい蕎麦屋があった。通りに面し、白い障子が見えていた。冷たい水で打った蕎麦は歯ざわりがよく、特にその薬味が美味で、親《おや》田大根《だ》という辛い大根おろしと葱の薬味が、一層蕎麦の旨味を引立てた。

別荘へ行くときに降りる駅は、田口という駅だった。

私が夏を過ごすようになって初めて、一茶という俳人がこの土地の人であることを知った。俳人芭蕉も好きだったし、高等学校に入ってからは、『古今和歌集』とか『新古今和歌集』等という和歌集も同時によく讀んだ。

芭蕉の俳句が好きな人は、一茶という俳人を同じようには評価しない向きもあるが、私は一茶の方がより叙情的で好きであった。

幼い日、必ずしも倖せとは言えなかったのに違いない一茶は、弱いものへの同情と共感からの「やせ蛙負けるな一茶ここにあり」とか、孤独で寂しさを味わったことからの「われと来て遊べや親のない雀」とか、平凡な雀に対してさえ「雀の子そこのけそこのけお馬が通る」と詠んだのであろう。やや自分の立場と生活の安定を得るようになってからは「めでたさも中くらいなりおらが春」となり、「こんな身も拾う神あり花の春」という句が生れたのであろうか。人生においても、まずまず安心立命の立場になっても、自分の宿命は「これがまあ終《つい》の栖《すみか》か雪五尺」と諦めと悟りの心境に到達したのであろうか。

私は美学という学問を志して研究を續けてはきたが、奥は深く手探りしても何も摑めないままに齢を重ね、結局一茶と同じ心境に達し、「めでたさも中くらいなりおらが春」で終ることになるのではなかろうか。さて、私の終の栖はどこになるのであろうか。

両親を失い、好きだった祖母も亡くした私は、全く天涯の孤児となってしまったが、私も祖母同様、先祖代々縁《ゆかり》の地である奈良が終の栖となるのであろうか。


田口駅で下車したのは、私の他は二、三人であった。直江津が終点になっている信越線では、赤倉温泉へ行くか、関山駅で下車して燕《つばくろ》温泉へ行く湯治客か、極、限られているので、田口で下車する旅人は殆どいないのだろう。デッキから降りると、めっきり白髪の多くなった成安さんが顔一杯に笑《え》みを浮べ、

「いらっしゃいませ、公親若さま」

と走り寄ってきて、持参した荷物を受取ってくれた。

「京都の方は、もうお暑うございましょう」

「うん、非常に暑い。さすがに、ここは涼しいね」

「はい。夏は本当にいいところでございますよ」

「ところで婆やも元気かい」

「はい。お蔭様で、ここでは命が延びると申してます」

駅長の笛を合図に汽車は汽笛を鳴らし、その余韻が遠くまで響いていった。機関車は勢いよく黒煙を吐き出すと、轍の音を響かせて去っていった。

駅を出ると野尻湖へ下るなだらかな道を降り、野尻湖周遊道路の寺ヶ崎から管川方向に二十

分ほど歩くと、傾斜面に別荘がある。

別荘と言ってもヒュッテ風の小さな家を増築してもらったので様変りしてやや別荘風の家になっていた。しかし夏はいいとして、冬ここで住むのはやはりかなり寒いのに違いない。

「夏は涼しくて良いのだけれど、冬は雪が積って寒くはないか」

と尋ねると、

「爺やの育ったところは新潟の在《ざい》ですから、冬はずっと寒うございます。ここの方が余程温《あっ》たこうございます。

――おっつけお風呂も沸きますから、旅の疲れをお醫《いや》しなさいませ」

「有難う」

私が書斎に当てている部屋で、持参した書籍や京都から送付しておいた別送荷物を整理していると、トメやが風呂を知らせに来た。彼女も、成安さん同様に齢を重ねて老婆になった。

この家を買ってもらったとき、お風呂は五衛門風呂だったが、増築を機に私が希望する木の風呂に変えてあった。

先ず汽車の油煙で汚れた頭と顔を洗い終えると、さっぱりした爽やかな気分になった。

木立で蜩《ひぐらし》が鳴き始めた。

木の香《かお》りも新しい湯船に漬かっていると、疲れが徐々に解《ほぐ》れていった。使うお湯の音も、周囲の静寂《しじま》を破るのが気になるほどの静けさである。

「公親若さま、お湯加減はいかがですか」

「ちょうど、いい湯加減だよ、有難う」

「ぬるめのお湯がお好きなことは存じておりますが、何分この辺は夕方にはひんやりしますので、お風邪を召されてはと、少し熱《あつ》めにしてございます」

「有難う、ちょうどいいくらいだよ」


神戸の家で私がまだ幼なかった頃、私を風呂に入れ洗ってくれるのは、このトメやだった。私はじっとお風呂に入っているのが嫌だった。直ぐに出ようとするのを少しは湯船に浸からせようと、ブリキ製の着色したおもちゃの魚を湯舟に浮べてくれたものだった。

風呂から出ると、黒い漆塗りの膳が運ばれ夕食だった。

夕食は大体七時頃までに終え、八時までには寝間着に着替え床に就くが、私を寝かしつけるのはトメやで、私はいつも話をせがんだ。

彼女は実にいろいろな話を識っていて、布団の上から軽く私をたたきながら、飽きもしないで、同じような話をしてくれた。

民話の繰返しであったが、勧善懲悪の話が殆どであった。

今でも懐しく印象に残っている話も多い。

話が途切れると、「それからどうしたの」と尋ねているうちに、私の瞼《まぶた》はだんだん懈《だる》くなり、重い鉛の板が伸しかかってきて、もうとても話を聞いておれないと思っているうちに、頭が朦《もう》朧《ろう》となり意識が薄れると、私は心地よい眠りの世界に入っていくのだった。

そのトメ婆やも齢を取り、今では皺の多い嫗《おみな》になってしまった。


風呂から上がると、やはり高原のためかひんやりとした冷気が肌に伝わってきた。

西の残光も薄れるにつれ夕暮が迫ってきた。

湯冷めしないようにスウェターを着てヴェランダに出ると、無事到着したことを知らせる葉書を藤波さん宛に書いた。

蒸暑い京都では、陽が落ちてからも夕凪が續き、さぞお暑いことであろうと藤波さんのことが気になった。殊に微熱とお疲れのため、苦しんでおられるだろうと同情した。

私が高等学校の頃軽い肺浸潤と醫者から言われ、旅館「黒姫山荘」の離れで暫く靜養していたとき、醫者から細々《こまごま》と言われた療養事項も、今の藤波さんの参考になるかも知れぬと、別便で書き送ろうと思った。

木立でまた蜩が鳴き始めた。夕闇が足早に訪れてきたように思えた。

風呂上がりの涼しさと爽やかさは、高原ならではの贈り物であろう。

夕食の知らせを受け食卓についたが、成安爺や夫妻は私が勧めても頑《かたく》なに、同じ食卓につこうとはしなかった。

私のために成安爺やが打ってくれた蕎麦が出された。暑い夏に最初口当りのよい蕎麦を供されたのは嬉しかった。

辛味の強い当地の親田《おやだ》大根のおろしと葱が薬味として準備されていた。冷たい水を通して盛られた蕎麦は、腰があって殊においしかった。

トメ婆やが準備してくれた冷奴《ひややっこ》は、歯に凍《し》みて冷たく、また土地産の生醤油とよく合った。雞肉と牛蒡《ごぼう》、蒟蒻《こんにゃく》、里芋のゴッタ煮もおいしく、莢隠元の胡麻和えも旨かったし、信州の白瓜の粕漬もおいしく、食が進んだ。

夕食後、お茶を飲みながら成安爺や夫妻と雑談をしてから、夕刊に眼を通し早々と床に入った。

やはり長い汽車旅で疲れていたせいか、直ぐに眠ってしまった。

珍らしく父母の夢を見た。父母が二人揃って夢に現われたのは不思議なことであった。

翌朝、小鳥達の囀《さえず》りで眼が覚めた。

洗面所の水は、夏とは言いながら冷たくて気持が良かった。山の気に冷《ひ》やされた冷たい水は、気分までも爽快にしてくれる。

突っ掛けを履いて外に出ると、樹の株の上で成安爺やが薪を割っていた。ここではまだ薪《たきぎ》で風呂から煮炊きまでしていたので、爺やは毎日必要とする燃料の薪を割っていた。

斧で木を割る仕事は大変なようであったが、成安爺やは馴れた調子で、大きな丸太を巧みに割っていた。

「若さま。もうお眼覚めですか。お疲れでしょうに随分お早いですね」

「爺やも随分早起きだね」

「はい。年寄りは早く眼が覚めるものなのでございます。婆《ばあ》はまだ寝んでいるようですが……」

「充分休ませてあげたらいい」

「有難うございます。若さまは実にお優しい……」

「ちょっと散歩してくるから」

「行っていらっしゃいまし。お帰りになる頃までにはトメ婆も起きておりますし、朝食の準備もできていますから」

「じゃあ、行ってくる」

私は駒下駄に履き替えて散歩に出た。

京都でも私は朝夕必ず散歩に出た。神楽岡から銀閣寺道を歩き、この寺へ行く石橋のところで右折し、疎水縁の道を法然院まで歩き、気が向けば法然院の門を潜って庭に入ることもあるが、大抵そこから白川通に出てそのまま帰宅する。気が向けば、若王子神社を左手に見て東天王町に出て白川通に出るか、また日によっては、錦林車庫の横から吉田山に登り、大学正門から構内を通って農学部前に出て帰宅するか、その日その日の気分で散歩を楽しんでいた。

東の空にもう太陽の最初の光が射して、霧の帷《とばり》は跡方もなく消え、清々《すがすが》しい空気の流れる木立の近くで、急に郭公《かっこう》が啼き始める。それを合図に呼応するように、遠くで別の郭公が啼き始め、あちこちで鳥の啼き声が聴えてくる。

ひっそりしていた木立や森が急に騒々しくなって、鳥達が一斉に囀《さえず》り始め、自然の息吹きが始まる。

周囲にはまだ深い霧が立ち籠めていた。湖面も対岸の琵琶島の杜も霧に暈《ぼか》され、その中に沈んでいるが、緩やかに霽《は》れていきつつあった。

霧は戸惑うように、私の歩いていく方へ流れてくる。ひんやりした湿気は、樹々の幹や枝を濡らしつつ移動し昇っていく。

径《みち》はやがて狭《せば》まり、木立の茂みの中に消える。

水滴に濡れた下草が、歩いていく小径に覆いかぶさって、私の足に絡みつき、ひんやりとした感触を与えるが、踏みつけられた草は、心地よい眠りを妨げられたことに反撥するように、不気嫌に跳ね反り、私の素足に冷たい露を振りかける。すると私の足音に驚いたように草叢《くさむら》から急に鳥が一羽周章《あわ》てて飛び立っていった。

木立を吹き抜ける風の音にも、樹の葉の擦れ合う音にも、周囲の静けさを破って幹を突《つつ》く啄木鳥《きつつき》にも、見えない自然同士がお互いに何かを話し合い、一つの秩序のようなものに従《したが》って、總てが時計の歯車のように動いているように思えた。

幼い日の閉じ籠められた環境、今にして思えば歪《いびつ》な枠の中で育てられた私の眼は、自分を取巻く自然、例えば庭の草花、夏の蟬や蜻蛉《とんぼ》、地を這う蟻の群を日々眺めて暮らした。

いつも私に傅《かしず》いてくれた成安さん夫妻、須磨海岸の地曳網見物や貝拾《かいひろい》に連れていってくれた書生の海老さん、月見山にある猿檻の猿や諏訪山動物園に一緒に行ってくれた女中のツネさん。いつも私は誰かと一緒だった。

父母も他界し、私の好きだった祖母も亡くなり、独りきりになってしまったけれど、独りに馴らされていたので、特に寂しいとは思わなかった。早くからこんな環境に馴らされていたことが、かえってよかったのかも知れない。


散歩から帰ると、ヴェランダのテーブルに朝食の準備ができていた。

トメ婆やの作った味噌汁は、私が名古屋からお土産に買ってきた八丁味噌で、葱と豆腐が入っていた。他に玉子焼と信州名物の白瓜《しろうり》の粕漬だった。奈良漬に似た粕漬はおいしかったし、海苔もとろろ昆布もおいしかった。

食べ物については私は一切何も言わず、供されたものをなんでも食べる習慣であった。しかし、食品の種類には自《おの》ずと特色があった。

母が育った環境のせいで、一般に魚介類や肉類が食卓にのぼることは、殆どなかったと言ってよい。いわゆる精進料理が中心で、湯葉、豆腐、豆類、海草類、大根等野菜類が主なもので、それ以外ではひろうす、油揚ぐらいで、生臭《なまぐさ》い魚や總ての肉類、それに貝類をあまり食べなかったし、鰻、泥鰌《どじょう》、鯰《なまず》などといったヌルヌル皮の魚類は勿論、食中《しょくあた》りの心配から蝦類や蟹など甲殻類も殆ど食べなかった。家での食習慣をトメやもここで崩さなかった。私は御園生の家の食習慣で育てられたためか、現在でも魚は生臭さが気になって、刺身は食べなくてもよいし、江戸前の寿司より海苔巻ずしか、五目すもじの方がよい。

魚の中で食べられるのは、鰹のなまり節《ぶし》、干鱈《ほしだら》料理、乾鰊《ほしにしん》、するめ等々極《ごく》限られており、誰もがよろこぶ雲丹、すじこ、生牡蛎《かき》も殆ど食べたことはなく、家憲を破って私が食べた魚は鰻の蒲焼が唯一の例外だった。これは教授をまじえた食事会で出された弁当が鰻の蒲焼だったので、食べざるを得なかったからだ。それ以後敢えて鰻を食べないのはやはり家憲として食べない食習慣が頭にあったからであろう。

朝食を終えると、配達の新聞に眼を通してから、二階の書斎に入る。眼下の樹木の梢の彼方に湖が見える。暫くは机に頬杖をついて、ぼんやりと太陽の光に煌《きら》めく湖面を眺める。温度が昇って除々に暑くなってくる。

やがて蟬が鳴き始める。するとそれに呼応するように、別の蟬が遠近《おちこち》で鳴き始める。

合唱は見事に揃い、気怠《けだる》い谷間のせせらぎのように聴え、あるときは苛立《いらだ》たしいような騒音の連続となる。

突然何かの拍子で驚いたように、一斉に鳴声が止まり、遠くで鳴く蟬の声だけが聴えていたと思う間もなく、また近くで再び同じ調子の鳴声が始まる。

どこかで名指揮者が、タクトを振っているような感じである。

一陣の風に乗って鳴かない牝蟬《めすぜみ》が、羽音を立てて書斎近くの樹の幹に止まりに来たりする。こうして机に凭《もた》れていると、不図《ふと》藤波さんの仕草や言葉が思い出されたりする。

祖母の葬式の日に初めてお眼にかかり、京都への帰途飛火野《とびひの》を散歩し、近鉄奈良駅まで歩いたこと、本当の姉のようになんでも相談できる人であると感じ、厳しかった母にない穏やかな優しさを持っている婦人であると思えた。この山の家では日中でも涼しいが、京都は逆に蒸風呂のように暑く、街中ほどはないにしても、修学院道のお宅も暑いことだろう。

私がこちらに到着したことを知らせた藤波さん宛の第一報を書いてから、直ぐに返事が来た。

お知らせ有難う。

無事お着きの由安心いたしました。

名古屋でお乗替えになり、中央本線で長野まで、そこでまた信越線で田口までとは、やはり長い汽車旅ですのね。

お手紙をいたゞきました日、京都は雨でございました。静かにベッドで寝《やす》んで、終日雨の音を聴いておりました。

しかし雨の音も、かえって心を落ち着かせてくれていいものでございます。

「巷《ちまた》に雨の降るごとく、わがこころにも涙ふる……」

私はこのヴェルレーヌの詩を思い浮べておりました。

愛娘《まなむすめ》を失い夫に裏切られて、実家《さと》に帰って参りました頃なら、得度して佛の道に入り、今頃はどこかのお寺の尼僧になっていたことでしょう。

でも一面どんなに苦しいことがありましても、堪えて生活することが、人間としてこの世に生を享《う》けたものの勤めであると、感じるようになりました。

夜になり雨もやみ、十時を過ぎる頃、雲も霽《は》れ、澄んだお月さまを見ることができました。

実に美しく澄んだ皎《しろ》く輝くお月さまでした。

夜が更《ふ》けるにつれて、わたくしのベッドにまで光が射してきて、夜じゅう汽車に揺られているような、また夢を見ているような、うっとりとした気持で、月の光の中に眠っておりました。

お歳召《としめし》が身罷《みまか》り遊ばして、独りお過ごしの公親さまをお慰めしなければならないのは、むしろ私の方でございますのに……。

前便の直ぐ後に病気の療養事項までお知らせくださいまして、本当に有難う。かしこ

おりおりに開けて
見らるるものならば
箱《はこ》におさめん
つきのひかりを

二伸
私が東京時代に通った女学校の同級生だった方が、京阪電車の大山崎にお住いですが、病気療養のためにとお勧《すす》めくださいましたので、お言葉に甘えまして、近くそこで過してみようと思います。私の家より木立も多く朝夕は涼しく、とても閑静な場所の由でございます。

第五章　野尻湖便り

七月×日　藤波さんへ

お便り嬉しく拝見致しました。

藤波さんが眺めておいでになった同じ月を私も、書斎から眺めていたと思います。この辺は夜は八時を過ぎますと、急に深い静寂《しじま》が訪れ、たゞ月の光が皎々《こうこう》と照っているだけです。

書斎は二階にありますので、湖が眞正面に見えます。湖面は月の光を反射して、金色の魚の鱗《うろこ》を散らしたように輝いて揺れています。

それを縁どる杜《もり》は、月の光が当る部分以外は、唯黝《くろ》ずんで見えるだけです。

夕食後讀書していましたが、讀み疲れたので、ぼんやりと湖を見ていました。

土地の人達は、夜は早く寝《やす》むようです。

朝から昼にかけて、店屋から注文聞きが来る以外は、農家の人達や林業関係の人達が通っていきます。

私は成安爺やを通じ土地の人達とも知合いになりましたので、仕事の往き帰りに立ち寄って一服していく人達もいます。その人達が話す土地の言葉やその響《ひびき》が好きなので、聞き耳を立てて聞きます。

私は林業の仕事をしている宗さんも、成安爺《じい》やを通じて知合いになりました。もう七十歳に近い年配ですが、仕事の往き帰りには、必ずわが家で一服して行きます。大変煙草好きの方のようで、紙巻き煙草は吸わず、刻み煙草を煙管《キセル》、それも鉈豆《なたまめ》の莢《さや》の形をした鉈豆煙管です。紙の袋に入った刻み煙草というのがあって、私の神戸の家に出入りの植木屋さんが、袋入りの糸屑のような煙草を指先で丸め、煙管に詰めて吸っているのを眼にしたものです。今では紙巻煙草が主《おも》で、煙管で吸う人は寧ろ珍らしくなりました。現在刻み煙草というものが賣られているのかどうか知りませんが、細かく糸屑のように刻んだ煙草がありました。

宗さんは革製の古い煙草入れから、刻み煙草を指先で丸めて取り出し、雁首《がんくび》に詰めると燐寸《マッチ》を磨って火をつけて吸うと、煙が鼻から出てきます。

宗さんは今でも法被《はっぴ》を着て、ドンブリとか言う胴巻を着け、パッチ風のズボンと地下足袋という職人スタイルです。

いヽヽヽヽ
ひとなつこい話好きの人で、笑うと乱杙歯が覗《のぞ》きます。

二服ぐらい吸い、勢いよく煙管を吹くと、火のついている煙草玉が飛び出すのを手の掌《ひら》に受け、転がせながら次の刻み煙草を雁首《がんくび》に詰め、手の掌の火玉をそこに移して吸うのです。実に見事な仕草なので、つい見惚《みと》れてしまいます。

私は宗さんが煙草を吸う見事な仕草を見るのが好きですし、どこそこの息子がどこそこの娘を嫁にするとか、どこそこの牛が仔牛を生んだとか、そんな話をきかされます。しかし、私のような季節滞在者には、誰々さんと言われても面識がないので、ただ話を聞いているだけです。

この手紙を書き終えたら寝むつもりです。月は益々皎《しろ》さを増し、清らかに澄み渡っています。

暑さが厳しさを増していく季節ですから、何卒無理をなさらずに疲れが出ませんように。

近からば君のみそばに付き添いて
くすりすすめつわれ護らむものを

七月某日　公親さまへ

お手紙大変懐《なつか》しく讀ませていたゞきました。

宗さんと仰しゃる林業に携《たずさ》わっておられるお方のご様子は、目の当りに見る思いがいたします。公親さまは、純朴でいいお方々に取巻かれて、毎日をお過しの御様子。

公親さまは、本当に幸せなお方だと思っております。

昨夜は暑さのゆえか寝苦しく、朝まで眠れないまままいろいろなことを考えておりました。

夜眠らないことは躰に障ることだと思いつつ、なかなか寝付かれませんでした。眠れなかった翌朝は、躰の疲れ方が一層ひどく感じられます。

近頃は殊に病気の故か、ひとさまに逢うことさえ大変億劫《おっくう》でございます。母と話すことさえ煩《わずら》わしく思うことすらございます。

もともと、あからさまに顔を見られることの嫌いな私は、昔の几帳《きちょう》や御簾《みす》の蔭《かげ》に隠れての生活が、今でもできたらいいなと思うことがございます。

先日さる場所でお香の集会があり、実際に香点前をしてもらいたいと、母を通じて申入れがございましたが、病気だからと断っていたゞきました。それに大勢の方々の前で香を炷《た》てるのは、如何にも見世物的ですし煩わしくもあり、人眼につかないことを願う私の気持にそぐわないからでございます。

やはり聞香《もんこう》は、気の合った心得のある方々と「炷《た》き合せ」などして、楽しむものと思いますし、まるで興味半分の会合でひと様の好奇の眼に晒《さら》されるのは、なんとなく気持が向かないのでございます。

わたくしの今の願いはひっそりと暮し、どなたにも気付かれずに、消え失せてしまうことでございます。

もうこれ以上齢を重ね、あまり醜《みにく》くならないうちに。

誰か知る月に向いて炷《た》きものの
かおりに払う胸のうきくも

七月某日　　藤波さんへ

お元気でいらっしゃいましょうか。

お熱の方は相変らず午後になると、出てくるのでしょうか。そのことが大変気になっております。

暑さのゆえに、夜もお寝《やす》みになれない由で、大変案じております。健康な方でも、夏は躰が懈《だる》く疲労するものですが、とくに蒲柳のご体質とお見受けしますので、疲労も強くお躰も衰弱なさるのではと、それのみを強く心配しております。涼しい夜が續き、安らかな眠りが得られますよう願っております。

この間お香のことを書いておられましたが、二度目に私が伺いましたときに、炷《た》きしめておられたお香は、私の好きな羅国《らこく》でしたね。

私はお香の中でも沈香系の羅国と眞那蛮《まなばん》が好きですが、殊に六国五味中「あまい」という約束事の羅国が好きです。

日中はこの高原でも外出しますと、紫外線が強く暑さも嚴しいのですが、濕気があまりないせいか、木蔭《こかげ》に入りますと風は涼しく、心地よさを感じます。

この土地は俳人一茶の出身地で、

われと来て遊べや親のない雀

と言う俳句は、私の現在《いま》の心境をそっくりそのまま、詠んでいるような気がして、この土地にも大変親しみを感じております。

昼食後ぶらりと散歩に出た序《つい》でに、一茶のお墓にお詣りしてから、ここから遠くないところに住んでいらっしゃる、山中さんという方を訪ねました。

成安爺や夫妻をこの野尻湖の家に住まわせるまでは、私がいないときはこの方に、家の管理をお願いしておりました。

この方の家は何代も續いている「黒姫山荘」という老舗《しにせ》旅館ですが、こういう仕事には興味がないらしく、家業は夫人に任せ、本人は農業組合勤めをしておられます。

この旅館には珍しく囲炉裏《いろり》があります。かなりの大きさで、入口帳場横の部屋にあり、上から自在鉤が下がり、薬缶や鍋を掛けて煮たきをしています。ここに近い柱や天井は、煙の煤《すす》で黒光りしています。

夏でも枯れた粗朶《そだ》や薪が燻《くすぶ》っており、残りの熾《おき》でいつでも火がつく様にしてあります。

私が山中さんの旅館を訪ねた日は土曜日でしたので、在宅でした。

夏はむしろ日向《ひうが》風の飲み物にしましょうと、井戸水に梅酢を滴《した》らせ砂糖を入れたものを供してくれました。

山中さんというのは、私の父の本家である星野家の大番頭で、差配人としても重要な人でした。

私は父の郷里宮崎で一夏を過しましたことがあるので、本家のことに詳しい山中さんの話はよくわかります。

星野家には長かったので、私以上に家のことや親戚関係も知っていて、いろいろなことを聞かせてくれますので、勉強に疲れますと話をしにこの家を訪ねております。

同宅を辞してからモーターボートで湖に出てみようと思いました。

手漕《こ》ぎのボートもありましたが、結局モーターボートにしました。エンジンをかけ、舳先《へさき》を対岸の琵琶島に向けて走らせました。白く泡立つ波のうねりが、後ろへ渦まいて流れていきました。

琵琶島を廻った横の岸辺に、一艘のモーターボートがとまっていて、そこに二人の外国人が乗っていました。一人は白いポロシャツ、半ズボンという軽装で、もう一人は黒い長い僧服の人でした。

私のボートを見ると、ポロシャツの人が両腕を広げ、

「故障しました」

と日本語で申しましたので、

「岸まで曳いていきましょうか」

私は機械のことはわかりませんので、こう言うしか仕方がありませんでした。

二人の外国人は代る代る私にお礼の言葉をのべられました。

「有難うございます」

と申しましたので、私はフランス語で、

「Il《イル》 n'y《ニ》 a《ア》 pas《パ》 de《ドゥ》 quoi《クォア》（どういたしまして）」

と言いますと、

「Tiens《チャン》! Vous《ヴー》 parlez《パルレ》 le《ル》 français《フランセ》（おや、あなたはフランス語を話すのですね）」

それから堰《せき》を切ったように私達はフランス語で話を始めました。

ポロシャツの方は、カナダ大使館の一等書記官のシャロンという人で、僧服の方は仙台にあるドミニコ派修道会の方らしく、ガストン・ドゥ・セランシーという人とかで、将来野尻湖畔にカトリック関係の修道会を建設する豫定があるので、下見のために来たのだと話されました。シャロン書記官はカナダのケベック州の出身の方だそうで、フランス語に少し訛《なまり》のような聞きづらいところがありました。

私は纜《ともづな》を相手のモーターボートの舳先《へさき》の鉄輪に結びつけ、船着場までゆっくり曳航しました。

陸に上がってから二人をわが家に招待し、お茶を差上げて歓談しました。お二方は夕方の汽車で長野に出られ、ここで一泊の上、東京に出られるとのことでした。

今日は珍らしく長い手紙になってしまいました。

暑い夏のことで、さぞかしおつらいことでございましょう。どうぞ充分にご療養なさいますように。また、疲れが出ませんように。

夜は安らかな眠りが朝まで續きますように祈っております。

ひとの世の奇《く》しき出合いを尊《とうと》みて
幸《さら》おおかれやむらさきの君

七月二十五日　　公親さまへ

前便でお訊ねのお香は、仰《おう》せの通り、公親さまお好みとかの羅国《らこく》でございました。公親さまのご造詣の深さに、唯驚くばかりでございます。

茶道にも茶カブキというお点前がある由で、点《た》てたお茶を二服味わいましてから、新たな一種を加えた三種のお茶の銘を当てることが、行われていると申します。

これが如何に難《むつか》しいものか、余程味覚が研《と》ぎ澄まされていなければなりません。聞香の場合は嗅覚の鋭《するど》さが必要で、その点公親さまは、流石優《すぐ》れたみちからをお持ちだと感心しております。

わたくしの健康のことをいつもお心におかけ頂きまして、心より嬉しく思い、お手紙を読み返させて頂きました。

今宵は月が美しゅうございました。今ではあまり用いませぬが、昔風に申しますと、寝待ちの月が沈むのを見て夜が明けました。

月を眺めておりましたら、亡くなった私の娘のことが思い出されました。

理沙子《りさこ》という子で、三歳のときに亡くなりましたが、思い出は三歳の頃のことばかりで、一向に娘は齢を取らず、心の内で生きております。

ちょっとした風邪が原因で肺炎になり、それが急に悪化してこの世を去ってしまいました。なんと酷《むご》い運命だったことでしょう。殊にこの子の場合、難産でしただけに嵐のように訪れた娘の急死は、私にとりまして大変な打撃でありますとともに、将来の私の運命までも、滅茶苦茶に変えてしまう大事件でございました。

主人は子供が生れる前から、産むのなら男より女の子にしてくれと、無理な注文を口癖のように申しておりましたので、主人の望むとおりの女の子でしたから大変な喜びようで、眼に入れても痛くないという表現どおりでございました。それ程までの溺愛ぶりでしたので、理沙子の死に狂わんばかりに落胆して、娘の死が私の不注意のせいだと、私を責め苛《さい》なみ、責任を全部私に押《お》しつけました。

私に対する非難や愚痴《ぐち》は、その内に私に対する暴力となり、殴《なぐ》る蹴《け》るの仕打ちさえ受けるようになりました。

理沙子を失った悲しみは、私とて同じでございます。主人は思い出す毎に、我慢できなくなり私に暴力を繰返しました。私は主人の怒りや悲しみが、私に暴力を振《ふる》うことで気が済むのならと、必死に堪えてまいりました。その後、主人が酒気を帯びて帰宅することも屡々《しばしば》ございましたが、そのうちに外泊すらするようになりました。私達の夫婦仲も、だんだん可笑《おか》しくなるにつれ、私の主人に対する考え方にも変化が起って参りました。

ひとの世の運命《さだめ》と申しますものは、どこか一つ歯車が狂い始めだしますと、豫期もしない方向に進んでいくものでございます。

結局、母はこんな私を哀《あわ》れに思われ、実家《さと》に引取ってくださったのでございます。人の世には豫期しない、又は豫期できない運命《さだめ》が待ちうけているものだとつくづく感じました。

公親さまがモーターボートにお乗りになって、湖上に出られたことから、お二方の外国人とお知合いになられましたことも、思えば不思議なお出合いだったのかも知れません。それが世に言う縁《えにし》というものでございましょうか。

玉ずさのかずあるうちに眞心《まごころ》の
玉のひかりを見るぞうれしき

八月初旬　　藤波さんへ

そちらからのお手紙を頂きましてから、暫く御無沙汰しておりましたが、この間に初めて飛驒の高山まで行ってきました。高等学校時代からの親友から招待されたからでした。

彼は工作品とか機械などを構成する複雑なメカニズムに、近代的な美の本質があるという観点から、特に、眼をつけていたのが絡繰《からくり》人形で、その研究のため高山で過しています。

この友人は、高等学校、大学も私と一緒で、卒業後は二人とも大学院で美学教室に入りました。私が美学を勉強したいと思うようになったのは、彼やその家庭からの影響もあったことは確かです。

彼は京阪電車の物集女《もずめ》というところに住んで居りますが、彼の父親は勝南《しょうなみ》井清巒《せいらん》という日本画家、特に墨絵が有名で、母も山田流の箏曲で有名な方です。こういう家庭に育った関係で、彼は大学では美学を専ら勉強していました。

この勝南《しょうなみ》井君という人は、感覚の鋭敏な人で、特に技術分野に興味を抱き、高山の絡《から》繰《くり》人形に打込み、幸い彼の祖父が高山の旧家でもあり、毎夏、ここで過しています。

この友人は器用である上に研究心が強く、自分の古背広を解《ほど》いてその裁方《たちかた》を研究し、自分の新しい背広を作ったような人なのです。

私のいるところから高山までは、交通の便が案外悪く、信越線で直江津まで行き、ここで乗替え、北陸本線で富山に出てから、もう一度高山線に乗替えねばなりません。

鉄道と言えば、私は日本海側をあまり旅行したことがありませんので、この良い機会を利用することにしたのです。

七月二十五日のお手紙を拝見して、三歳のときにお亡くなりの理沙子さんと仰しゃるお嬢さまは、いま生きていらしたら、藤波さまに似て見目麗《みめうるわ》しいお嬢さんに成長されていたことでしょうね。ひとの世の運命《さだめ》というものはなんと酷く皮肉なものでございましょうか。

このような不仕合せにお遭いになられましたこと、少しも存じませんでした。

ひとにはそれぞれ知られざる悩みとか、悲しいことを胸に秘めているものですね。

藤波さんよりもずっと若く、また人生経験も少ない私が、いろいろ申上げますことは口幅《はば》ったいことですが、人間とは本当に悩みの多いものと思いますし、孤独なものですね。

幼い日より育てられてきました環境そのものが、私の場合とても特殊なものだったと、近頃瀬《しき》りに思います。父母や祖母という、最も身近な人達との永遠の別れにも、割合冷静に対処できましたのも、後に独り生き残った人間として、幼い日からの環境の影響で、孤独とはこういうものであることを知ることになり、かえってよかったのではないかと思います。

私がいつも独りきりに置かれてきたことが、現在の孤独に馴れるのには、好都合であったのではないかと思うことがあります。

藤波さんのお病気のこといつも気になっています。一日も早いご快復を願い、常に祈っております。

いく山河互に別れて住みあえど
こころは絶えず往き来するらむ

八月十六日　　公親さまへ

このところ暫く、お便りも致しませず失礼しておりました。飛騨の高山へ行かれておられましたとか。こちらからもお便り致しませんでしたので、私の病気が思わしくないのではないかと、公親さまはご心配してくださっていたのではないかと思います。

京都は立秋が過ぎましても、なお残暑は厳しく、私の躰にかなり堪《こた》えました。

お便りが遅くなりましたのは、封筒の住所の場所に引越しましたからなのでございます。実は修学院道の家では暑気が酷く、お友達のお勧めもあり、病気恢復に専心しようと思い、涼しくなるまで臨時に、お部屋をお借りすることにいたしました。

引越と申しましても、殆ど身一つなので、簡単な筈でございますのに、女と申すものは、細かい身の廻り品が結構ございますし、千勢も一緒に来て呉れますので、二人分の荷物で、大事《おおごと》になりました。こんな次第もあり、公親さま宛の手紙も遅くなりまして、御免遊ばせ。

引越先は京阪電車長岡天神の次の駅で、大山崎というところでございます。

踏切を越して、聖天様参詣道を登って参り、眞言宗観音寺を右手に見て参りますと、旗《はた》立松《たてまつ》展望台に出ますが、私がお借りしました家は、この近くにございます。展望台まで行きますと、木津川・宇治川・桂川の三つの川の合流点が眼下に見えますとか。この近くの天王山は本能寺の変の後で、明智光秀が秀吉と戦った場所としても有名なのですのね。

私のベッドの置いてある、二階の窓からの景色もよく、静かですし空気も爽やかです。公親さまの仰せのとおり、規則正しい毎日を送っておりますし、体温も呼吸も脈搏《みゃくはく》も測り、グラフに記入しております。但し夏のためか体温も不規則で、眠れなかった翌日はどうしても疲れが残ります。然し、病状に一喜一憂することなく、気長《きなが》に療養を續けるつもりでおりますし、それこそひとさまに煩《わずら》わされることも少なく、静かに療養できるものと信じております。

ここ大山崎から大阪寄りに水無瀬《みなせ》の里がありますが、ここは谷崎潤一郎さんの『蘆刈《あしかり》』に書かれた處だと聞いております。元気になりましたら、一度訪ねてみようと思っております。

私は当分ここで、療養生活を續けることになると思います。

私のいる家の庭には、柿の木が二本ありまして、秋になりましたら木には、枝もたわわに御所柿が実るそうでございます。今はまだ小さな柿の実が、澤山枝についていますが、三分の一は落ちてしまうそうです。それでも残った柿の一つ一つが見事に熟して、枝もたわわに実るとのことで、今から楽しみにしております。

暑い暑いと申しておりましても、九月に入りますと、きっと秋の気配も感じるようになることでございましょう。

この大山崎は一つ手前の長岡天神と共に、京都では有名な筍の産地だそうで、そのせいか竹藪も多く、風に戦《そよ》ぐ音は谷川の流れに似て、一層涼しさを感じます。

近くそちらから帰洛されるとのこと、お目《め》もじを楽しみにしておりますし、またいろいろのお話をお聞かせくださいませ。

転居のお知らせだけのものが、また長い手紙になってしまいました。

公親さまもお風邪など召しませんように、充分お身をお厭《いと》い遊ばされますよう、切に願っております。

八月中旬某日　　藤波さんへ

八月十六日付お手紙で、修学院道のお宅から大山崎へ転居なさいましたことを知りました。

夏の京都ではさぞやお辛いことだろうと心配していましたが、大山崎の方へお引越しなされ、京都ほど暑くなさそうで安心しました。

こちらで知合いになり、仙台の修道会に帰られたドゥ・セランシー神父からお便りを貰い、一度おいでくださいと招待を受けましたので、機会を作って訪問するつもりです。私の家はご承知のように、先祖代々仏教と関係があり、キリスト教については殆ど何も知りません。——というより全く無知といってよいのですが、私が美学を勉強するようになりまして、やはりキリスト教のことを知る必要があることがわかりました。神父さんとお知合いになりましたのが良い機会ですから、折をみて、仙台郊外にある修道会の方へ参ろうかと思っております。

私は独り暮しをしておりますと、いろいろなことを考えますが、一番痛切な問題は、私はなぜ生れてきたのだろうかとか、死とは何だろうかとか、頻《しき》りに考えるようになりました。

生れてきた人は必ず死にます。死とは一体なんなんでしょう。呼吸をしている人が呼吸しなくなることでしょうか。人はなぜ若くして死んだり、齢をとって死んでいったりするのでしょう。

なぜ、このように人によって死の時期が異なるのでしょう。自分は死にたくないと思っても、死ぬときは死にます。

まだ経験していない死に、人はどう考え対処しているのでしょうか。

死とは暗黒の世界でしょうか。人は誰もがまだ知らない死の世界のことを恐ろしいことだと思っています。

恐ろしく暗い世界を誰もが心のどこかで意識しながらも、できるだけ考えないようにしているのに違いないと思います。

死への恐怖から誰もが、何らかの意味で宗教に関心を持っていますし、持つのでしょう。神さまとか仏さまとか、未知の偉大なものに頼って、恐ろしい世界を少しでも忘れようとしているのに違いないのです。

私は幼い日から仏教的雰囲気の中で育ち成人してきました。——というより遠い先祖代々、何も考えずに自分は仏教という宗教が、皮膚の中まで沁み込んでいて、宗教と言えば仏教であり、お縋《すが》りするのは仏さまだと思い育ってきましたが、外国には外国の違った宗教があります。

キリスト教という、私にとっては未知な宗教があり、それだけでも研究に値すると思います。

初めは興味からではありましたが、野尻湖で偶然に知り合ったキリスト教の神父によって、私はキリスト教とはどういう宗教なのかと、美学の研究を進めるに連れて、その思想的背景と関連するキリスト教本体の研究は避けられません。

八月二十日　　藤波さんへ

八月も終りに近づいてきますと、陽射しもなんとなく秋めいて参ります。

大山崎の高台は空気も清浄で、修学院道のお家よりは、遙かに涼しいと思います。

新しい場所へ転居されましたことは、ご病気が前より悪くなられたことと無関係であることを願っております。病状が悪化したため転居されたのかと、非常に心配しております。

そのことが気になりましたので、取り急ぎこの手紙を書きました。

八月二十八日　　公親さまへ

公親さまにまた、ご心配をおかけしましたようで心苦しく思います。

大山崎は住んでみますと、修学院道の我が家とは異なった良さがございます。

公親さまの御親友で物集女《もずめ》にお住まいの勝南井《しょうなみ》さまのお父上、勝南井清巒《せいらん》と仰しゃる墨絵の画家は、お名前は存じておりました。

以前どこかの美術館で、「竹林雨景」とか云う作品を拝見したことが御座いましたので、お名前は存じておりました。

公親さまがしばしば物集女《もずめ》にお住まいのお友達宅においでになることを知り、うれしくなりました。そこから大山崎までは、駅にして三つ目か四つ目ですので、おみあしをお延《の》ばしになって、是非とも大山崎までおでましくださいませ。

大山崎に参りましたのは、わたくしの親しい友人で、この方のお父上は古くからこの土地にお住まいの大地主でいらっしゃいますが、広い敷地内にご隠居所として新築なさったのを私の事情をお察しになられて、特別のお計らいでお貸しくださったのでございます。

空気もよろしいし、温度も京都よりは低いとのことですから、わたくしの病気にもよいと思いまして、御好意に甘えて、そうさせていただくことにしたのでございます。

わたくしの病気、今のところ大して悪くもなりませんし、また良くなりも致しません。病状に良い結果があらわれますのには、規則正しい療養生活を續けなくてはならないのでしょう。

熱は午前七時ごろは、六度台の平熱ですが、午後三時頃には、七度二、三分（ちょっと高いようです）になることもございます。

呼吸は一分間に十五回、脈搏は八十から八十五くらいです。お醫者がおっしゃいますのには、この位の狀態なら安靜していれば、特に心配はないと申され、気長に靜養致します。

公親さまにお知らせしましたら、ご心配になられるかも知れませんが、今日の午後は気分が良いので、久しぶりにお化粧をし、髪を直し、庭を散歩し、傾斜面を昇ったり降りたりしました。木蔭は風がそよそよと吹いてきてよい気持でした。

ここのお庭には、もう桔梗《ききょう》が蕾をもっています。それから紅や白や黄色の白粉花《おしろいばな》が咲いています。これは修学院道の庭にも澤山あり、この花の黒い実を割ると薄皮があって、その中に白い固いものがございます。

幼い頃、わたくしはこの白い固まりを水に溶《と》かして、「白粉《おしろい》よ」と顔に塗っていたずらをしたものでございます。

犬蓼《いぬたで》や箒草《ほうきぐさ》や羊歯《しだ》などが生えていますが、ひとから気にも留められない草草にも一つ一つ詳しく見ますと、やはり心惹かれる味わいがあるものでございます。

修学院道の家から離れてここに参りますと、矢張り秋草も多く、これ等の草々が成長するのを見るにつけ、秋の気配が近づきつつあることがわかります。

疲労しない程度に、丘の斜面を少し降りてみました。大山崎はご承知でしょうが、竹の多いところで、ここで採れる筍は、その季節には京料理の素材としては美味で、有名でございます。

散り敷いた竹の枯葉の中から眞直ぐに伸びている若竹は、生命力も旺盛で見る目にも気持よく、また力強く感じられます。

盛り上がった竹の根が、しっかりと土肌に根を張っていますのも、逞しい力を感じます。

湿気のある日蔭には、どくだみが密生しています。

まだ蕾で花は咲きませんが、秋の七草の一つである女郎花《おみなえし》を見付けましたので、手折って部屋にある一輪挿に挿してみました。

わたくしの部屋には、よく風がはいりますので、修学院道のお家《うち》とは違って、凌ぎ易く、寝《やす》んでいましてもとても楽でございます。

わたくしは充分養生してから、住み馴れた家に帰るつもりでおりますが、冬も京都ほど寒くはなく、暖かだそうですから、そのままここで冬を越すことになるかもしれませんし、できればずっと住みたいと思います。

井戸の水を汲みあげる滑車の軋《きし》む音、薪《まき》を割る音、水桶に流れ落ちる筧《かけい》の水の音など、すべてが鄙《ひな》びて、懐しく、こころの休まる雰囲気でございます。

夕方になりますと、竹藪で雀がうるさいぐらい騒ぎたてますが、そのうちに寝静まって、朝は間遠に聞こえる声を聞きますと、かえって愛《いと》しくなります。

今日はまた、手紙で随分おしゃべりをしたように思います。

信州の方はいかがでございましょうか。高原のことゆえ、秋の訪れも早いと思われます。

お風邪など召されませんように、お元気で京都へのおかえりをお待ちしております。

九月四日　藤波さんへ

お手紙拝見し安心しました。しかし、脈搏がちょっと速いのと、熱の不規則なのが気になります。

できるだけ安静になさいまして、例えば讀書が過ぎて疲労なさいませんように。一般に病気は快方に向かうのが遅く、悪化するのは早いように思います。とにかく焦《あせ》らず気長にご療養なさいますようにお願い致します。お別れしてかれこれ一箇月以上にもなりますが、隨分長い間お逢いしてない様な気が致します。私の方は毎日きめた計画的な日課をこなし、朝の散歩、朝食後は讀書の生活です。

專門書となりますと、考えながら讀みますので時間がかかります。疲れますと軽い讀物に代えます。しかし軽い讀物は直ぐ讀み終えますし、活字がないと寂しいので、讀物の補給には、一番近い長野まで本を探しに参ります。一種の活字中毒みたいなもので、讀むものがないと落ち着きません。面白そうな本は、大抵纏めて五、六冊ほど買ってきます。時々足を延ばして松本まで参ります。松本には高等学校がありますので、若い学生達の知的要求を満《み》たすためか讀應えのある本があります。

今日は生憎朝からの雨で、散歩にも出掛けられず、終日書斎に引きこもっていました。

いつもひっそりしている私の家は、雨の日には特にひっそりしてしまって、寂しさがひしひしと身にしみます。

午後になって風が少し出てきて、横殴《よこなぐ》りの雨になり、硝子戸《がらすど》に吹きつけられた雨が瀧のように滑り落ちるのを眺めておりました。

雨の飛沫で外の景色もみえないぐらい激しく、毀《こわ》れた如露から迸《ほとばし》る水のように降り注ぎます。京都の街中に降る雨とは違った激しさです。遠くの山も湖も、一面に降り注ぐ雨に煙って、まだ午後の三時というのに、夕暮のように薄暗くなりました。

嵐になるのではないかと思っていましたが、夕方七時ごろから風もおさまり、雨も小降りになりました。今は音もなく、霧雨《きりさめ》のようにしめやかに降っています。こんな夜は、なにもかもが湿っぽく、夕食後すぐに書斎にも上らず、成安爺や夫妻と神戸時代の話などしていました。爺やもこのような場所では、退屈ではなかろうかと思っていましたが、結構知り合いもできたらしく、また富山の料亭で板前修業中の息子さんとも、ここに住むようになってからは頻繁に逢えるようになったとかで、かえって喜んでいるようです。また、爺やには釣りの趣味があり、渓流でやまめや岩魚《いわな》を釣って食卓に供してくれることもあります。渓流釣りにのめり込みますと、病つきになるとかで、自分で丹念に作った仕掛を見せて呉れ、説明し、また好い釣場に出掛けています。

渓流釣り用の精巧な擬似鉤《ぎじばり》や毛鉤《けばり》を数多く持っていて、丹念に説明するとともにいちいち天蚕糸《テグス》や重《おも》りのこと、それはそれは詳しく眼を輝やかせて説明してくれます。

もう九月に入りましたが、雨あがり後は急に秋めいてくることでしょう。

私は須磨にいました頃、雨降りの日、棒切れに糸を結び、水たまりを池に見たてて釣り遊びをしたことはありますが、本当の釣りをしたことはまだありません。

成安爺やと一緒に、渓流釣りに行ってみようかと思ったりしています。しかし擬似鉤や毛鉤などで、魚達を誑《たぶら》かして釣りあげるということは、私の趣味ではありませんので、どれだけ釣りに熱中できるか疑問です。こういうことを思うだけ、本当に釣りには現在興味をもっていないのかもしれません。

九月中旬ごろ、こちらを引揚げて京都に帰ろうと思っています。

お眼にかかれるのを楽しみにしております。

ご気嫌よう。

九月某日　　公親さまへ

湖畔からのお便りうれしく思いました。

九月中旬ごろ京都の方へお帰りになりますす由、お目もじを楽しみにお待ちしております。

大山崎に参りましてからは、公親さまからのお便りが、一番の楽しみでございます。

この辺は、日に二回郵便配達がありますが、時には一回のときもございます。

郵便屋さんの来る十二時近くになりますと、私はいつも窓からもう来るかしら、もう来るかしらと首を長くして待っております。

坂道を登ってくるのがわかりますと、わたくし宛のものがありますようにと、祈るような気持で待っています。

「藤波さん、お手紙ですよ」

この声を聞きますと、とても嬉しくなりますが、何も言わずに母家《おもや》の方へ行ってしまうと、がっかりしてしまいます。

わたくしが床に就くようになりましてからは、殊に手紙というものが待たれるようになりました。

九月四日は、一日ぢゅう雨降りだったようでございますね。

独りの生活に馴れていらっしゃると仰せの公親さまでも、やはり寂しさをお感じになるのでしょうか。

爺《じい》やさんの釣りのお話、楽しゅうございました。公親さまが釣りをなさいますなら、何を釣るのでございましょう。

公親さまは恐らく気紛れに、あちこちに竿を投げ入れているだけじゃございませんこと。

公親さまに釣られるおまな（魚）って、あるのでございましょうか。たわむれごとを申してご免遊ばせ。

公親さまはむしろ釣りをなさいますより、静かな渓谷で絵を画くか、スケッチをなさいます方がお似合いだと思います。

昨夜はあまりに月が美しゅうございましたので、電燈を消して眺めておりました。

わたくしは、全く久しぶりにお琴を弾きたくなりまして、爪をはめ十三弦を調《しらべ》、手馴らしに「大内山」と「吉野山」を弾いてみてから、「千鳥の曲」を弾きはじめました。

長い間お琴は弾いていませんし、やはり平生から練習していませんと、うまくいく筈もございません。

このような広い場所なら、弾いてもご近所迷惑にもならないでしょうし、たとえ間違えても、ご愛敬ですまされると思い弾きました。

「やはり美也子さまでしたのね。ご風流なお嗜《たしな》みでいらっしゃること」

急に部屋の外からの声で、わたくしは吃驚《びっくり》いたしました。いつの間にか母家《おもや》からお友達が出ていらっしゃっていたのでした。

「月の美しい夜には、お琴が相応《ふさわ》しゅうございますわね」

「ほんの気紛れな手慰《てなぐさ》みで、お恥ずかしいわ。

――でも、今夜はあまりに月が美しいので」

「ちょっと、その辺を歩いてみませんこと」

わたくしは夜の濕気は躰に悪いとは知りつつも、秋らしく澄んだ皎《しろ》く輝いている月の光に誘われまして、丘の斜面を少し降りてみました。

旗立松《はたたてまつ》展望台まで行きますと三つの川の合流点も見えまして、京阪電車や省線電車の轍《わだち》の音は、谺《こだま》となって下の方から聴《きこ》えて参ります。下の方に見える人家や森や木立は、皎々と輝いている月の光に照らされて、くすんで見えます。

月の光が水に反射して、夜の野尻湖が「金の鱗《うろこ》」のように反射していると、公親さまがお書きになられた夜の光景はここにはございません。

道を戻りお友達の方とお別れして、お部屋に帰りベッドに入ってからも、お月さまを眺めておりました。

ひっそりした夜更け、こうしてお月さまを眺めておりますと、世の中でわたくし独りだけが、生きているような錯覚に捉われます。

わたくしは、近頃になって「生」ということの不思議さについて考えるようになりました。

それと同時に死ということをも考えてみました。わたくしは四季のうち、一体どの季節に死ぬのだろうと思ってみました。

わたくしの希望としましては、初秋か、いっそのこと冬の最中、とくに大雪の晩に死にたいと思っています。そして今なら、こころおきなく死ぬことができるような気さえしております。わたくしはこんなことを考えている内に十二時の時を聞き、一時も聞きました。眠ろうと思いましても、頭の方が益々冴えてきてなかなか寝付かれず、お月さまが西の山に近くなりました頃に、眠ってしまったようでございます。

眼が覚めましたのは六時少し前で、二、三時間ほど微睡《まどろ》んだものと思います。六時に顔を洗い、家の裏の方へ少し散歩してみました。

垣根の朝顔はまだ凋《しぼ》んでいます。この朝顔の垣根には、自然の蔓草《つるくさ》が巻き付いていました。よく見ますとむかごが、豆粒のように澤山ついていました。むかごはみかごという方もいらっしゃいますが、わたくしはみかごという方が言葉としては好きでございます。

昔、世捨人《よすてびと》が山里の暮しに、蕨《わらび》や薇《ぜんまい》やむかごに季節の移り変りを知り、質素な毎日の暮しの便《よすが》としたということを本で讀んだことがございます。わたくしもある意味で世捨人なのでございましょう。昔の方は、世を捨て佛の道に生きたようでございますが、わたくしは娑婆気《しゃばけ》が多いと申しますのか、佛の道に入るのでもなく、念佛を唱えているのでもありません。たゞ生きているだけなのでございます。

わたくしも齢を取って、あまり醜くならぬうちにこの世を去りたいと、そんなことばかりを近頃考えております。

また、お聞き苦しい愚痴めいた、つまらないことを書いてしまいました。どうぞお気を悪くなさらないでくださいませ。

九月十日　　藤波さんへ

お独りで病床に臥《ふせ》っていらっしゃる藤波さんは、こころ細くおなりになって、いろいろと寂しいことをお考えになるのでございましょう。

どうぞ悲しいことをおっしゃらないでください。私のできることで、どうすればお慰めできるのでしょうか。

ひとの世を生きていくことは、確かに大きな試練であると思います。

世の中がむつかしくなればなるほど、私達はどう対処したらよいのでしょう。然しどんな変動が起りましても、平静でいるよう努めましょう。

どうも藤波さんも私も、弱肉強食という自然界では、猛獣の世界には属せず、襲われて食べられてしまう動物の側の人間でしょうね。

私達のご先祖さま達は、「野に寝、山に伏し」力ずくで生きてきた武の世界の人間ではなく、祭祀や和歌といった大宮人の一員であり、どちらかと言えば儀典とか文の世界に生きてきた人間なのですから、荒々しく凄《すさ》まじい環境の中では、蹴落されましたら一溜《ひとたま》りもないでしょう。

　私達の血の中には残念ながら、ひ弱いおひと好しと気の弱さしか残っておらず、これからは襲う猛獣というより襲われる草食動物になるのでしょう。平家物語の書出しの「盛者必衰のことわり」というのでしょうか、それとも選手交替というのでしょうか。そういう情勢の中、私達は生きていかねばならぬのでしょう。しかしこういう世になっても、食うものも食われるものも、死ぬということに変りはありませんし、滅びるにしても美しさと誇りをもっていたいものです。それがせめてもの、ご先祖さまが持ち續けた矜持《きょうじ》を守ることですから。

　あまり醜くならないうちに、この世を去りたいとおっしゃるお気持、私にもよくわかりますが、日本婦人に関する限り、齢に似合った相応《ふさわ》しい美しさがございます。要は言葉遣いや物腰に現われる品格、一般に身に備った教養如何が、ご婦人を美しくも醜くもいたします。齢をとることを憂《うれ》いますより、如何に年相応の美しさを保つかが、重要な要素だと思われます。

　現在の藤波さんに一番大切なことは、一日も早く病を克服してお元気になられることだと思います。そのためには細かいことをあれこれ、神経質に思い煩《わずら》わされずに、毎晩熟睡なさることだと思います。

　私は九月十九日ごろ帰洛するつもりですので、近くお眼にかかれるのを嬉しく思います。

私の尊敬するお方へ御説教するような偉そうなことを書いてご免なさい。

御気嫌よう。

九月十九日　　公親さまへ

この手紙が行き違いになりませんように。

いよいよ京都にお帰りになります由、楽しみにお待ちいたします。

この手紙が着く頃には、公親さまも帰られるご準備で、お忙しくしていらっしゃることでしょう。

近くお目もじ致しましたら、お話しすることが澤山あるような気がいたします。——でも、澤山お話があるようで、案外何もないのかもしれませんが……。唯お眼にかかれるだけで充分でございます。旅のご無事を祈りつつ。

かしこ

九月××日　　藤波さんへ

湖畔の家からの手紙は、これが最後になります。あるいは行き違いになるかもしれません。

今日は午前中、湖に沿って散歩しました。

急に秋らしくなり、芒《すすき》も一面に穂を出し始め、栗も近く毬《いが》が破れて実を落すでしょう。朝夕肌寒を覚えます。そちらはどうでしょうか。ここでの生活の名残に、今日湖畔に行き貸ボートに乗ってみました。

乗っているのは私ぐらいで、湖畔も寂しく、貸ボート屋さんもやがて店仕舞でしょう。風もあまりありませんのでオールでボートを漕ぎ、琵琶島まで行き、そこに停め、船の中で寝転んで空行く雲を見ておりました。

小波《さざなみ》が船腹に小刻みに当って、心地よい音を立てています。このひたひたと船腹に当たる波の音、この音のことをフランス語でclapotis《クラポティ》と言うそうですが、恐らく擬音語でピタピタと心地よく聴えます。

また、野鳥が水辺の木々の茂みで、時々鳴き交わす以外には、なんの音もきこえません。静かなところが好きな私にとって、野尻湖は、大勢人が押しかけてこない場所なので大変気に入っております。こんな静かな場所に家を買ってくれた父に感謝しています。

近日中にお眼にかかれるのを楽しみにしております。
毎日の散歩で見つけた草花を押花にしましたので持って帰ります。

御機嫌よう。

第六章

京都はまだ、残暑が厳しかった。駅に着くと直ぐタクシーに乗り、長い汽車旅で疲れた躰をゆったりと、座席の背に凭《もた》せ神楽岡の家に帰った。

煤で汚れた顔を洗い、ゆっくりと髭を剃り、愛用のオー・デ・コロンをつけると、気分も爽快になった。

白いワイシャツに着替えると、行きつけの農学部近くの喫茶店に行き、トーストとコーヒーを注文した。朝食とも昼食ともつかない腹ごしらえを終えると、藤波邸に向かった。

藤波さんが大山崎の方に移られたことは、本人からの手紙で知ってはいたが、その前に母上とお眼にかかり、病状を聞いておきたかった。いつも出迎えてくれる女中の千勢さんが、藤波さんと一緒に大山崎に行っているので、臨時にお手伝いに来ているらしい中年の女中さんが出て来て、

「只今、お庭にいらっしゃいますので、どうぞそちらへお廻りくださいとのことでございます」

と言われ、私は柴折戸《しおりど》を開けて庭へ行った。

母上は、

「お呼立て致しまして、申訳ございません。土いじりをして汚れていましたので」

と申された。

「ちょっとお待ちになって。この女郎花《おみなえし》を花瓶に挿しますので」

私は今朝方帰洛したことを申上げた後で、居間兼食堂で、改めてご挨拶した。

「美也子の方から連絡を致したことと思いますが、只今大山崎の方で療養しております」

「はい、ご通知いたゞきました」

「女学校時代の同級生の方で、主《あるじ》の急死で東京から実家に帰られ、この方の父親が自分の傍らで住むようにと新築なさったものを、美也子のことを知り、京都よりは空気もよく靜かなところだからと勧めてくださいましたので、お言葉に甘えてご厄介になることに致したのでございます」

「それはようございました。

——お病気の方はいかがでございますか。お悪いのじゃございませんか」

「はい。公親さまですから申上げておいた方がよろしいかと思います。お醫者がくださるお薬を服用しておりますが、病状は一向に快方には向かわず日毎に弱っているようでございます。この病気は榮養と安靜を気長に續けるしかないと申します」

私は母上のお話しぶりから、ひょっとして喀血されたのではないかと想像したが、それ以上立ち入ることは遠慮した。

「勧める方もいらっして、サナトリウムに入れようかと思ったこともございました。――でもあのひとは、ひとさまの大勢いる場所は嫌いなので、ここからそう遠くはないところと思っていました矢先、女学校時代のお友達のご好意で、大山崎の方に移ったのでございます。

いよいよ大山崎の方に行く前に、『お母《かあ》さま、また生きて家に帰ってこられるかしら』と申しましたので、『そんなこと冗談にも言うことじゃなくってよ』と叱るように申しましたけれど、不安な気持で一杯になりました。このときほど心細く淋しく思ったことはございませんでした。もし美也子に死なれたらどうしようと、つい涙を流してしまいました。

『あら、ご免遊ばせ、お母《かあ》さま。変なこと申上げて。――でも不図、そんなこと考えていましたの』と、淋しそうに申しました。あらあらご免なさい、公親さま。私まで涙をお見せして」

お母上のお話を聞くうちに、私の胸も不安になってきた。私は重苦しい気持を逸《そ》らすように、

「既に赤蜻蛉《とんぼ》が飛び始めましたね」

「秋でございますのね」

と、しんみりした口調で言われた。小一時間ほどお話をしてから、私は四条大宮へ行き、そこから梅田行の京阪電車に乗り、大山崎に降りたのは、午後三時を過ぎていた。

夏の光線は強かったが、日射しにはもう秋の気配が感じられた。省線電車の踏切を越えて、

山崎聖天への登り道には登らず、観音寺の方へそのまま眞直ぐ行くと緩やかな勾配になり、藤波さんが借りておられるらしい二階屋が見えてきた。

別棟の大きな家が九十九《つくも》家の母家であろうか。かなり広い竹藪が近くにあり、盛り上がった地面に竹が歪《いびつ》な根を張っている。この春の筍が若竹に成長し、眞直ぐ伸びている。つくつく法師が頻《しき》りに鳴く。歩いていくと道は幾分急になった。

私は立ち止まってどの家だろうと思った。

平たい整地に建てられた二軒のうち、大きい方は一見して母家風の大きな邸《やしき》で、南向きに建っていた。その後ろに灰色に変色した白壁の土造の蔵があり、母家と蔵の間に釣瓶《つるべ》式の井戸が見えた。

蔵の直ぐ横から緩やかな傾斜になり、櫟《くぬぎ》林が拡がり、細い登りの径がある。山肌に筧があり、流れた水をかめに貯め、別の竹樋を通って、離れの二階屋の水甕《みずがめ》に溜まるようにしてある。

新築の二階屋が、藤波さんが借りられているお宅らしい。この家屋も南向きの家で、ここから遠くまで見渡せる。この離れ家に違いないと思った。日当りの良い硝子戸を通して、白い障子戸が見える。急いで登ってきたので、乱れた呼吸をととのえるため私は暫く佇んだ。

「藤波さん」

と声を掛けると、二階の硝子戸が開き、

「公親さま」

しばし無言のまま、じっと私を見詰められていたが、ややあって、どうぞお上がりくださいませと言われた。玄関に廻ると、千勢さんが二階に案内してくれた。

合香《あわせこう》の仄《ほの》かな薫《かおり》が漂っていた。

「ご機嫌よう」

と挨拶をすると、

「ご機嫌よう」

と答えられたが、眼にはうっすらと涙が光っていた。この前より瘠《や》せられ顔色は青白かった。

部屋は八畳と六畳の二間で、南向きの窓辺にダブルベッドがあり、横に引出し付きのサイドテーブル、その上に小型時計とラジオが置いてあった。

六畳間との壁ぎわには箪司が置いてあり、上に赤漆《あかうるし》塗りの硯箱《すずりばこ》と色紙入れらしい矩形の文箱《ふばこ》が置いてあった。

北側に違い棚があり、青磁の香炉と祥瑞《しょんずい》の香合が置いてある。

その横の朱塗りの小箱には、銀葉で炷《た》くばかりの香木の細片が入れてあるらしかった。

馥郁とした空薫物《そらだきもの》の薫りは、この香炉から漂っていた。

違い棚の横は床の間で、萩、女郎花、藤袴《ふじばかま》など秋の七草を画いた軸が掛けてある。

六畳の間には斜ふたのついた書見台風の机があり、その上に桔梗を挿した一輪挿が置いてあった。上の壁にカレンダーが掛けてあって、そのカレンダーには○と×の印《しるし》がつけてある。

日付から見ると、私の手紙を受取った日と、藤波さんが私に手紙を出した日とを記したものらしかった。

私は不図、浮世を捨てた尼僧の庵《いおり》も、このような住いではなかろうかと思ってみた。

「――もう、お帰りになられた頃だと思っておりました」

私は何から話したものやら、あまりにも話すことが多くて迷ってしまった。

病状が思わしくないことは聞いてきたばかりだったので、気になりながらも病気のことは敢えて口にできなかった。

青白く美しい顔であった。

「湖畔からのお便り、有難う。繰返し読んでは、想像しておりました。

――戸隠も割合近いようでございますのね」

「はい。長野から戸隠へ行くバスが出ています。よくご存知ですね」

「公親さまが、山の別荘においでになられてから、地図や旅行案内書などで調べてみましたの。

――林芙美子さんの『戸隠紀行』という昔の紀行文がございましたわ」

「ええ、お読みになられたのですか」

「読みました。あの方は長野で降りられて、善光寺裏を通っていくバスに乗ったと書いてございました。長野から宝光社、中社、奥社とあって、バスは中社止り。旅館というものがなく、神主さんの家で泊めてくださると書いてございましたが」

「はい。そのようです。奥社は戸隠山への登山口になっていて、神社があるだけのようです」

「奥社に行く途中に小鳥の森というのもあると、書いてございました」

「そうです。ＮＨＫでこの森の鳥の声を放送したことがありました」

「わたくし、軽井沢に参りました折に、中軽の千ヶ滝でよく小鳥の声を聴きましたわ。

――公親さまのいらっしゃった野尻湖は、行ったことがございませんが、黒姫山への登山口になっているようでございますね」

私はあまり長くお話をして、疲労されてはと心配したので、お暇《いとま》をすることにした。

それに、午後の安静時間に入らねばならない頃でもあった。

「今日は、これで失礼致します」

「あらあら、いらっしゃったばかりなのに」

「――でも、そろそろ安静時間ですよ。お守りにならないといけません」

「――でも、例外ということもございます」

「あまり例外をお作りになっては、いけませんよ」

「かしこまりました。仰《おお》せのとおりに致します」

藤波さんは、ちょっと情けなそうな表情をされると、私を睨《にら》まれてからお笑いになった。

私が玄関を出て坂を降り始めると、藤波さんは窓から顔を出された。窶《やつ》れた表情だった。

私が手を振ると彼女も軽く手を振られた。

路が大きく廻って家が見えなくなる最後の曲り角で、私は振返ってもう一度手を振った。

最初お見舞に行った日から五日後、私は寺町にある小鳥屋に行って、山雀《やまがら》を買った。毎日退屈しておられる藤波さんの病床の友のつもりで買ったのである。

羽の色もくすんだ地味な鳥ではあるが、悧巧でカナリヤのように綺麗ではないが、煩《うるさ》く囀る鳥でもないから、病人の無聊《ぶりょう》を慰めるのには相応しいと思ったからである。

餌の苧《お》の実《み》も買い、鳥籠を風呂敷に包み手荷物として電車に乗った。まだ生き物は何によらず、乗物に持込みを禁止されていたからである。

玄関の硝子戸を開け声を掛けたが、女中の千勢さんは出て来なかった。

もう一度声を掛けると二階から、「お待ちになって」の声がして藤波さんが下りて来られた。

「公親さま、お気嫌よう。千勢は今日修学院道の家に参りましたの。お構いできませんけれど、どうぞお上がりになって」

私は靴を脱ぎ鳥籠を持って二階に上がると、藤波さんは籐椅子を私に勧めてくださった。

「公親さま。失礼して横にならせていただきます」

「どうぞ、お休みになっていてください」

「ご機嫌よう」

私達は改めて挨拶を交わした。

私は早速持参した風呂敷でくるんだものを差出し、

「今日はお友達を連れて参りました」

と言うと、

「あら、なんでしょう」

と興味をお示しになられた。私は風呂敷の結び目を解くと、小鳥は驚いて籠の中の止り木を忙《せわ》しなく飛び廻った。

「あら、山雀《やまがら》なのね」

「これは小鳥の食べ物。苧《お》の実です」

「あらあら、何から何までよくお気の付くこと。嬉しいわ。有難う」

「籠はどこに吊しましょうか」

「そうね。よく見える壁ぎわの小簞笥《たんす》の上に置いてくださいませ」

鳥籠を置くと、無心に山雀を見ておられたが、一筋の涙が頬を伝って流れ落ちた。病気ということが、感情を更に鋭敏にしているのであろうか。

「この鳥にも、名を付けねばなりませんわね。なんという名を付けましょうか」

「そうですね。私は瑠璃《ルリ》と名を付けてきました」

藤波さんは、たゞ領《うなず》かれたままで、何も言われなかった。

暫くして「ルリ。ルリ」と呟《つぶや》かれて、

「いゝ名前だわ、本当に可愛い名前だこと」

と言われた。眼から大粒の涙が零れ落ちた。

山雀は籠の中で、止り木の間を忙《せわ》し気に行ったり戻ったりしている。

ここの空気にも馴れたのか、丸い陶器の餌入れから苧の実一つを嘴《くちばし》に銜《くわ》え、止り木に移り、私達の方を警戒するように見てから、頸《くび》を傾げ、大丈夫と思ったのか、嘴《くちばし》を打ちつけるようにして突くと、パチンと実が破《わ》れ、白い中味を穿《ほじく》り出して食べた。

「もう一つの容器は水入れですから、後で千勢さんに言っておいてください」

「はい。申しておきますわ。何から何まで、おこころ遣いいたゞきまして有難う。いいお友達ができました」

コンコン、パチッと苧の実を啄《ついば》む音が續いた。山雀も新しい雰囲気に漸く馴れたらしかった。

藤波さんのおられるところには、常に良い香が炷きしめられていて、床しい雰囲気が漂っている。

今日お訪ねしたときも、練香《ねりこう》の薫りが仄《ほの》かに漂っていた。

そのことを申上げると、

「公親さま、何か歌をお詠みになって」

と言われた。私が躊躇していると、

「思ったとおりを文字になさいませ。かえってその方が本当の気持が出るものですわ。わたくしとて正式に習ったことはございませんが、普通の会話のつもりで書いております。是非お詠みくださいませ。筆司の上に硯箱《すずりばこ》と色紙を入れました長手の文箱《ふばこ》がございましょう。寝たままお使《つか》いだてして申訳ございませんが」

私は言われたとおり墨を磨り、筆を染め、

「では即興ながら」

と弁解してから一首詠んだ。

訪《たず》ねきて竹の庵《いおり》はいと床《ゆか》し
　　空薫《そらだき》ものの薫《かおり》洩れきて

私はこの色紙をベッドへ持参してお見せした。藤波さんは私の歌をお讀みになられ、にっこりとされ、

「今度はわたくしの番ね、わたくしのは変な歌で恥しいわ」

と言われ、一首お詠みになった。

秋ちかき病める臥所《ふしど》に訪《おとず》れし
　　きみがこころの瑠璃《るり》のみ光《ひか》り

「変な歌で恥ずかしゅうございますが、記念として画鋲で、いつも見えるところに留めておいてくださいませ」

私は二人の詠んだ和歌を並べて壁に留めた。

太陽は沈み、東の空に月が出た。

今しがたまで忙しそうに飛び廻っていた山雀も、眼が見えなくなったらしく、止り木に蹲《うずくま》った。私は風呂敷で蔽《おお》うとお暇《いとま》しようと思った。直ぐに察せられた藤波さんは、千勢もやがて帰ってきますからと引留められた。

「今日は気分がよろしいし、千勢に夕飯の支度をさせますので、お待ちになって」

「はい。――でもそろそろ検温の時間でございませう」

「はい。お醫者さま、左様でございます」

藤波さんは素直にお笑いになって、検温器を脇下に挾まれた。

「五分計ですか」

「はい」

緩やかな呼吸とともに、胸が静かに上下するのを見守っていた。

「もういいですよ。五分経ちましたから」

体温計を受取ろうとするのを、藤波さんは素早く体温計を取り出すと、直ぐに自分でご覧になった。

「何度ありましたか」

「大したことはございませんわ」

と仰しゃって、体温計を振ってからしまわれた。熱が高かったのではないかと、私は心配になったが、この様子からやはり熱が高かったのだと思った。

周囲が暗くなってきたので、

「電燈をつけましょうか。スイッチはどこでしょう」

と尋ねると、

「電燈はつけないで、このままにしておいてくださいませ。月明《つきあか》りで充分ですわ」

私は藤波さんのベッドに寄り添って、月を一緒に眺めた。

「公親さま。ヴェルレーヌの詩に、シャンソン・ドートンヌというのがございましたわね」

「はい。秋の日のヴィオロンの溜息の……、上田敏さんの名訳がありますね」

「そうでしたわ。女学生だった頃、フランス語の先生が教えてくださいました。公親さま、もしご存知なら唱してくださいませ。秋の詩としてとても好きですので」

「はい。

　Les《レ》 sanglots《サングロ》 longs《ロン》 des《デ》 violons《ヴィオロン》 de《ドゥ》 l'automne《ロートンヌ》
　Blessent《ブレス》 mon《モン》 cœur《クゥール》 d'une《デュンヌ》 langueur《ラングール》 monotone《モノトーヌ》……」

藤波さんは眼を閉じ、私の詩の朗讀を靜かに聞いておられたが、急に私の右手を握り締められた。熱っぽく柔らかい感触だった。私もその手の上に私のを載せたが、心臓の鼓動が嵩まって息苦しくなってきた。咽喉《のど》がからからになり声が擦《かす》れてくるのを覚えた。

私は思わず藤波さんに顔を近づけて、唇を重ねようとすると、反射的に避けるように唇を背《そむ》けられた。

「駄目。公親さま。病気が移るといけませんわ」

「構いません。貴女《あなた》の悪い病菌を全部私が吸い取ってあげます」

「そんなこと言っちゃ駄目よ。坊やちゃん、その代わり、これならいいわ」

と言うと、着物の胸をはだけ、乳房を出された。

病気とは言いながら、瑞々しく、こんもり隆起した、まだ若く熟した乳房だった。

私は思わず乳首を口に含《ふく》むと、桜桃のような感触が、更に円く固くなるのを舌に感じた。舌で包むと転がすように弄《もてあそ》び續けていると、藤波さんは、

「擽《くすぐ》ったいわ、おやめになって」

と身を捩《よじ》られた。

「公親さま、それまでにして」

と喘ぐように言われた。

「どうして」

きた。

「それ以上なさると、わたくし狂ってしまいますわ」

その言葉に私は狂暴となり、見境もなく手は乳房を弄《まさぐ》り愛撫すると、心臓の鼓動が嵩まってきた。

「公親さま、もうおやめになって」

私はそんな言葉を塞《ふさ》ぐように、唇で栓をすると、それに應じて藤波さんも舌を吸ってこられた。鋭《するど》い稲光のような一閃が、私の躰中を駈けめぐった。私は理性を完全に失って、緩やかに生温かい搖蕩《たゆた》う海の中に溺れていった。愼しみもなくなんの躊躇もなかった。

總てが終ると、藤波さんは愼しみ深く裾の乱れを直された。薫《たき》しめられた香の薫《かおり》が仄かに匂ってきた。

藤波さん自身は懈《だる》そうにぐったりとなり、ベッドで身じろぎもされずじっとされていた。

私が起き上がろうと躰を動かすと、

「まだ動かないで、私の傍《そば》でじっとしていらっしって。お願い」

私は言われるままにしていると、自分の頬を私に近づけられて、

「いい薫《かお》りだこと」

私が髭を剃った後につける、いつものオー・デ・コロンだった。

私達は抱き合ったままでいたが、彼女は眼は閉じたまま呟《つぶや》くように話をされた。

「躰の神経の末端まで緩《ゆる》やかに沁み入ってくる心地よい痺れとけだるさ。躰全体が蕩《とろ》けてしま

いそうなこの世のものとも思われぬ、天に昇るような恍惚《こうこつ》と肉の悦《よろこ》び。こんな素晴らしい肉体のうずきは、とても殿方にはおわかりになりますまい。この半分でも、その一部でも公親さまに味わわせてあげたいわ」

と呟かれたが恍惚の表情で、口を半開きにされたまま、静かに息をされていた。


「公親さま、わたくし咽喉《のど》がからからですの、お水をくださらない」

私はコップに水を持って来ると、

「そんなものから飲むのは嫌、あなたのお口移しで水がいたゞきたいの」

私はコップの水を口に含むと、口移しに水を飲ませてあげた。

「なんとおいしい水なんでしょう。甘露とはこういうもののことを言うのだわ、きっと。こんなおいしいお水初めていたゞきました」

彼女は酔ったような上擦《うわず》った声で、珍らしく話を続けるのであった。

私の藤波さんに対する感情は、一体なんだったのであろう。一人の成熟した女としてか、また恋人としてか、また姉に甘える気分なのであろうか。こともあろうに、越えてならない線まで越えてしまった。しかし藤波さんは既に結婚もし、肉体関係も識った人だ。

私達の行為は、單なる動物の牡《おす》が牝《めす》を本能の赴くままに行った、間違いなく獣《けもの》的な行為にすぎず、果して純粋に愛と言える意識が少しでもあったろうか。

私は藤波さんを慕い、病気で苦しんでおられる方への同情はあっても、飽くまでそのことを自覚しておくべきだった。

二人きりであのような場面に置かれ、藤波さんにある種の期待があって、それとなく誘うような素振りを受けたら、成熟した男なら誰もが私のような行為に出ないという保証はないのではなかろうか。女性とは消極的に受入れ、待ちつつ誘い込む性であってみれば、あからさまな行為には出なくても、誘《いざな》うようなまたそのような素振りを見せるのではなかろうか。さすれば私は、期待を持って待っている相手のこころを讀み取って、一番適当な納得できる時と雰囲気を察し、應じてあげるのが愛であろうし、そのような愛やその表現である行為に出ることは、許されていいのではなかろうか。

いずれにしても私は、藤波さんと結ばれたことは、極自然だったし、許される行為だと思えた。しかしどんな快楽であっても淫《いん》してはならず、世間的に規範がある以上、それに従うのが男女の途ではなかろうか。またストイックであらねばならぬ。それが男の慎みではなかろうか。

第七章

大山崎での藤波さんとの秘め事があってから、努めてそれを忘れようとした。しかし初めて知った肉体的交わりを思うと、逢う度毎に更に深みにのめり込んでいきそうな気がした。甘美というより衝動的に終ってしまった感覚は、短絡的で味気ない思いしか残らなかった。たゞ彼女の私への囁《ささや》きが耳底に残っていて、記憶を反芻していると、胸が熱くなってくるのであった。

こういう思いは一体なんであろう。恋人と呼ぶには、年齢的に違いすぎるし、母と呼ぶには若すぎる。こういう女の人との交《まじ》わりを持ったことは、本能の赴くままとは言え、私には罪の意識が強かった。また逢えば、底なし沼のように沈んでいきそうで怖かった。

甘美な思い出というものは、とかく馴れやすく、反復されがちな習慣となるだろうからだ。私は努めて雑事に気を紛らわせ、意識的に藤波さんとのことを忘れようとした。

一週間ほどして藤波さんから封書が届いた。開いて見ると、薄い半紙風の便箋に、毛筆で和歌一首が認《したた》めてあった。

七日にはひと日足らねど長しとは
　同じこころのひとの知るなり

藤波さんは、紫色がお好きなようで、身の廻り品や着物にもいろいろなニュアンスの紫色が地《じ》になっているので私は次のような歌を詠んでお返しした。

紫《むらさき》のゆかりの色のそのそでを
　片敷くひとや如何に佗しき

私は愛情とは、一体なんであろうかと思った。世間的にはいろいろな形の愛情があるが、少なくとも愛情というものは、異性との間に生ずるもので、同性間では類似感情があるとしても、本来の意味で愛情とは呼ばないだろう。こういう矢先、ある女子専門学校でフランス語を教えてはどうかと、主任教授に奨《すす》められ、藤波さんとこれ以上深みに入るのを避ける意味からも教えることにした。

この女専は京都の郊外にあった。私が教える学生は十四、五名であったし、私より年齢も若かったが、いずれも溌剌《はつらつ》としていて、頭の良さそうな可愛い女性が多かった。

生れて初めて、若い女性の顔が私に注がれたので戸惑ってしまい、眼をどこに向けてよいのやら迷い、すっかりあがってしまった。

授業が終ると、有志の発起《ほっき》でお茶を飲みながら、座談をしてから帰ることにした。私の妹のような年齢の女性と話す機会が殆どなかったので、初めての珍らしい体験であった。

若い女子学生と接触することが少なく、相手が何を考えているのか、またどう取扱ったらよいのかさっぱり見当もつかなかったが、暫くの間でも藤波さんのことを思い出さなくても済むので、心が安らぐのに役立った。


九月の半ば、叔父から至急話したいことがあるので、時間を作って奈良に来るようにとの手紙があった。

詳しくはそのときに話すとあり、別の行に九月某日大阪の放送局ＪＯＢＫで、自分の主宰する雅楽同好会が、二、三曲雅楽を放送するから聴いてくれるようにとの知らせも添えられていた。

曲目は「越天楽《えてんらく》」と高麗楽《こまがく》に属する壱越調《いちこっちょう》の小曲「納蘇利《なそり》」、それに胡蝶楽《こちょうらく》の三曲を放送する豫定である。自分は人長《にんちょう》だから、当日指揮者として太鼓を受持つだけだとあった。

御園生家は、現在宮内庁に所属する楽人とは関係なく、趣味の会として叔父が雅楽を愛好する有志同好会を主催していた。つまり雅楽は、もともと日本古来のものではなく、渡来人と言われる中国の人達が、「平城京」とか「寧楽《なら》の都」と言われた時代から伝承してきたものらしく、奈良公家や「奈良法師《ならほうし》」と呼ばれた古くから續いた家では、雅楽は伝承しなかった。御園生家は雅楽とは無縁であり、せいぜい催馬楽《さいばら》を趣味として奏した程度だったらしい。叔父は私の祖母の弟、公泰のお手つきになった庄屋の娘、瀬尾雪枝との間に生まれた子で御園生家直系ではなかった関係で、自分の母方の瀬尾姓を名乗る條件で、御園生家の厄介として同居が許されていた。雅楽に興味を持つ同好会ではあったが、弟子は二十数人近くいて、一年に一回定期的に神戸にある長田神社で「胡蝶楽《こちょうらく》」や「還城楽《げじょうらく》」を奉納していた。

私は叔父が放送する雅楽を藤波さんと一緒に聴こうと思い、放送当日は早目に夕食を済ませ、四条大宮から京阪電車で大山崎に向かった。

踏切を横切り駆け登るように坂道を辿ると、息切れがしたので家の近くに立ち止まり、呼吸をととのえてから千勢さんに来意を告げた。

暫くすると二階の硝子窓が開き、藤波さんの顔が現われたが、なんとなく窶《やつ》れて見えた。

「ようこそ、早くお上がりになって」

玄関に入って靴を脱ぎ、二階に昇って行くと、仄かに香の薫りが漂っていた。

その薫りは控え目で、あらわに存在を示すような押しつけがましい薫りではなかった。

香木は白檀《びゃくだん》系に属し、香の世界では約束事で「苦《にが》い」と定められている寸聞多羅《すもんたら》らしく思われた。

「ご機嫌よう。お気分はいかがでしょうか」

「ご機嫌よう。大変元気にしております。——寸聞多羅《すもんたら》ですね」

「はい。公親様なら直ぐおわかりと思いました。わたくしは眞那蛮《まなばん》が好きでございますが、約束事では『すっぱい』ことになっていますし、『すっぱい』と思われたくございませんもの。寧ろ、わたくしの現在は『にがい』と表現するのが相応しゅうございますので……」

「ルリはどうしていますか」

「とても元気ですけど、今日は籠の中におとなしくしています」

少しはわたくしにも馴れましたようで、喜んでいます。先ず部屋の窓を全部閉めてから、籠から出してやっております。

最初は吃驚《びっくり》して籠の外に出ようとしませんでしたけれど、日中は部屋の中を飛び廻り、わたくしの直ぐ近くまで来たりします。可愛いし、悧巧な鳥です。

暗くなり始めますと、自分の塒《ねぐら》を知っているらしく、それとも安全と感じているのか、ちゃんと籠に戻っています」

時計が八時をうったので、私は叔父と弟子達がＪＯＢＫで雅楽を放送する旨を話し、ご一緒に聴こうと思いまして今日伺ったのだと説明した。

「何時《なんじ》からですの」

「八時十五分頃からと言っていました」

「是非聴いてみたいわ、雅楽についてわたくし、何も存じませんので」

ラジオのスイッチを入れると、ちょうど落語の番組が終るところで、お囃子《はやし》が鳴っていた。

次いで直ぐに男性アナウンサーが関西正風会《しょうふうかい》による、雅楽演奏と曲目の説明があった。

曲目は「越天楽《えてんらく》」、「胡蝶楽《こちょうらく》」、「納蘇利《なそり》」の三曲であった。

「叔父さまは、どの楽器をなさるのでせうか」

「叔父は特に今夜は楽器ではなく人長《にんちょう》を務めるとか」

「人長ってなんですの」

「雅楽では指揮者の方のことだと申しておりました。指揮棒の代わりに太鼓を打って緩急を決めるとか」

「笙も篳篥《ひちりき》もむつかしい楽器らしいですね」

「はい。そう聞いております。笙は言わばパイプオルガンのようないい音色ですが、竹に空けてある穴を塞ぐと音が出て、離すと止まると言います。篳篥《ひちりき》は竹を平たくした舌というものを吹くらしいですが、思うような音はなかなか出ないそうで、大変な熟練が要《い》るらしいです」

「『越天楽』は確か、近衛秀麿さんが変曲され、ドイツのフィルハルモニーを指揮なさいましたのをレコードで聴いたことがございます」

「越天楽は交響楽としては、單調な曲だけにきっとむつかしいだろうと思います」

「越天楽」が終った。私は叔父の演奏は奈良の寺でもしばしば聞いていたので、好きな曲の一つであった。

次いで「胡蝶楽《こちょうらく》」だった。これは高麗楽《こまがく》の一種で、四人の子供が背に胡蝶の翼の形をした衣を着け、山吹の花の小枝をかざして舞う可愛い舞楽である。最後は「納蘇利《なそり》」で、高麗楽《こまがく》に属する壱越調《いつこつちょう》の小曲で、二名で舞うので双龍の舞いとも言っている。

雅楽の良さは、そのデリカシーにある。笙の隠やかな高貴な音とハーモニー故に、代々宮中の雅楽を構成する楽器として篳篥《ひちりき》や笛とともに、継承されてきたものであろう。

私達は言葉も交わさず静かに聴いた。

「雅楽ってよろしゅうございますわね」

「はい、特に月の美しい夜などに、雅楽の調《しらべ》を聴くのは、東洋的と申しますか、日本的と申しますか、古い文化を心に与えてくれ、雅《みやび》やかな感じを受けます」

時計は既に十時を廻っていたので、私は藤波さんの手を握って「お寝み」と言ってから、玄関を出た。

私は坂を降りる曲り角で、燐寸《マッチ》を磨ってお別れの合図をした。すると二階から藤波さんも合図の燐寸を灯《とも》した。消えたのを見てから、暗い坂道を私は駅へと急いだ。

翌日の昼過ぎ、三条から京阪電車に乗り、丹波橋で乗替えて奈良に向かった。

近鉄奈良駅で降りると、バスに乗り破石《わりいし》町で降り、高畑町を通って叔父の寺に向かった。私は野尻湖畔で夏を過していたので、叔父の寺に来るのは彼此《かれこれ》二箇月振りであった。

祖母の存命中に、暑い夏の奈良を避けて、涼しい野尻湖で過されるようお勧めしてきたが、たとい如何に暑くても奈良の土地を愛され、離れようとはされなかった。

私は奈良盆地の蒸暑さに閉口し、祖母に申訳ないと思いつつ、夏になると早々に野尻湖に出掛けることにしてきた。叔父夫妻も祖母が奈良に居られる限り、祖母の世話もあり、別荘にはこなかった。

山門を潜り、勝手のわかった庫裏《くり》に行くと、叔父は雅楽の譜面を見ながら手拍子で、調《しらべ》をとっていた。

「昨夜の雅楽は、とてもよろしゅうございました」

「そうか。こちもまあまあのできだと思っていた」

雅楽の譜は、西洋音楽で見馴れている通称お玉杓子と言われている音符ではなく、和紙綴じに毛筆で縦書に記してあり、演奏する楽人以外には見ただけでは、わかりにくい譜面である。

私に話しておきたいと叔父が書いてきた話は、叔母がお茶を持ってきてから始まった。

「公親さんに話してくださいましたか」

「いや、まだだ。これから話そうと思っていたところだ」

叔父は雅楽の譜面を閉じて、傍に押しやってから、

「実は、公親の縁談のことなんだが」

と前置きを言ってから、

「そろそろ嫁を迎える気はないか」

と切り出された。私も大方そんな話だろうと豫想はついていた。

「まだ、勉学中の身ですから――」

「それはわかるが、一区切りつける意味で」

私は黙っていた。叔父の言葉を引取って叔母が續けた。

「公親さんにお似合いの方なの。奈良の女高師を今年卒業された箸尾家の廸子《みちこ》さまと仰しゃる方なの。御園生家とはご同列の家柄のお嬢さまですし、それはお美しい方ですわ。女高師ならおつむもよろしいし、公親さんにお似合いのお方だと思います」

「いろいろご配慮有難う。

――でも、こちにはまだその気は全然ございません」

それに應ずるように叔父は、

「一度逢うだけ逢ってみてはどうかな」

と言われた。

「しかし、逢って断るのは、かえって悪いでしょう」

「それもそうだ」

「まだ、その気がないのですから」

「困ったおひとだこと」

と叔母は言ってから、

「御園生家の血筋が絶えてしまうことになるじゃないの」

と不服そうに言われた。

「絶えて惜しい家柄ではありませんし」

「何を仰しゃるの。御園生家はわかっている時代は後水尾天皇（一六一五年）の古い時代から三百年以上も、この奈良には長く續いてきた家ですよ。

京都の公家方《くげがた》より古く由緒のある家柄の一つです。その点よくお考えなさらないと。明治ご維新前には御園生家は、奈良は徳川幕府の天領ながら莊園を持ち、幕府はこれを認める御朱印状を与えていました。だから領主が封地を安堵されていたのと同様に莊園が与えられていましたし、領内の住民に対して、領主同様白洲で裁判したものです」

私は叔母の雄弁をじっと聞いているしか仕方がなかった。

私は叔母の言うことはよくわかったし、家というものが重くのしかかっていることは、よく自覚していた。しかし、もし私が結婚するのなら家柄など抜きにして、生涯をともにしうる伴侶を私自身で選びたいと思う。私はこの際叔母と議論するのを避けたいと思ったので、黙って聞くことにした。

「家柄家柄と口にするのは、ご夫婦というものは、やはり同じような環境に育ったひと同士でないと、ものの考えた方や価値観まで異なって、長い間にぎくしゃくした関係になるものなのです。言葉遣いやお振舞一つにしても気になり出すと、とかく誤解が生じ、うまくいかなくなるものなのですよ。

公親さんは大学でむつかしい勉強をなさっていらしても、ひとの世の機微には馴れていらっしゃらないし、あなたの持つひとのよさが、かえって危なっかしいの。お父上も心配され、いつもそう申されていらっしゃいました。だから余程のお嫁でないと」

私にも言いたい意見もあったが、言えば言うほど事柄は紛糾することになりそうだったので黙ることにした。

叔父は私の意を汲まれたのか、あまり口を挾まれなかったが、結論的に、

「どんなに自分の気に入った美しいお嬢さんでもね、育った環境が違うと、結局は、駄目になるものさ。殊に公親のように、デリケートな感情の持主は、相手を嫌と思うときっと我慢できないと思うよ。結婚は一生のことだし、小さなことでも嫌だと思い始めたら、それで崩れることもあるものだ」

「こちはまだ結婚したくないのです」

「肝心の本人が、独りでいたいと言うのだから、それはそれで尊重せねばなるまいな」

叔母は叔父の言うことには反対のようだった。

「そんなこと仰しゃるから、公親さんは結婚が遅れるのですよ。やはり世間並に結婚して子供がいないと、それは寂しいものになりますよ」

叔父夫妻には子供がいないので、その思いは痛切なようだった。殊に叔母の方は、御園生家が絶えることに、叔父以上に心配し気にしているようだった。

「家は絶えてしまったって、いいじゃありませんか」

「随分、公親さんは極端なことを仰しゃるのですね。独りの生活なんて恐らく侘しいものよ。今はお若いから呑気なことを仰しゃるけれど――」

「ね、叔母さま、ひとは本来独りぽっちで、孤独なものですよ」

「本当に困ったお方だこと公親さんは。いっそのこと、光源氏の君のように、お出逢いなる女《にょ》性《しょう》とお近《ちか》づきを續け、お子達《こたち》をお残しになる方が、お似合いなのかも知れないわね」

叔母は皮肉な言われ方をされたが、もうそれ以上縁談には触れなかったので、有難いと思った。

「こんな依怙地《いこじ》なところが、お母上とそっくりだ」

と叔父は母のことを言って苦笑いされて、「そのうちに結婚する気になったらすればよい」と言われた。

叔父の寺に暫くぶりに泊ったが、翌朝早くに眼が覚めた。まだ午前五時だった。

私は下駄を履くと外に出た。朝の空気はひんやりとして、うそ寒さを覚えた。寺の門を出ると、通称地獄谷と呼ばれている林の方へ足を向けた。ひっそりとした静けさに、私の下駄の音だけが響いた。

年数を経た杉の立木の多い森の径《みち》は、奥春日に通じている。私の古いご先祖が、何百年も前にやはりこの辺りを歩いたに違いない。奈良の町名や寺社の名前も、總て幼い日から耳にしてきたものばかりで懐しい。祖母や母は、春の野に出て嫁菜《よめな》や土筆《つくし》、野蒜《のびる》、蕨《わらび》等、若菜摘みに出掛けられたのも、この辺りであろうか。

東の空から朝日が射し始める。朝は実に清々《すがすが》しい。夏の間殆どを過した野尻湖畔でも、私は朝早く独りで散歩に出掛けたものだ。私は結婚について考えてみる。

叔父夫婦が、私を結婚させようと気を揉んでいるようであるが、成程私も世間的に考えれば、結婚していてもおかしくない年齢になっていた。

結婚をするのはなんのためか。間違いなく種《しゅ》の保存のためである。しかも男と女というものは体格も容貌も、恐らく考え方も全く異なった存在として創られたものであろう。そのうえ、一方が他方に興味と魅力を感じ、お互いにそれなしには生きていけない、ある必然的な魅力と美しさを持った存在として造られたものに違いない。全く異種でお互いに相手を必要とする生《い》物《もの》で、相互に魅力を覚え、放置しておいても必ず接触せずにはおれない何等かを具えた存在。それが男と女、人間以外ならオスとメスという二つの全く異質で、しかも必然的に密着するもの。このようなものを初めて創った、つまり創造した何かを、ひとは「神」と漠然と呼んでいるのであろう。

神は存在する何かであり、存在するものというより、秩序そのものなのかも知れない。しかも見ることも触れることもできないが、全知全能でこの世に存在する總てのものを創造された何者か、偉大な力《ちから》を「神」と呼ぶのであろうか。見ることも確認することもできないが、神は明らかに、確実に存在しているものであることを私は信じて疑わない。

ひとは自分を支配する何かの力を感じる。このひとを支配するある種の存在を――神の存在を信じる者もいれば、信じない者もいるが――自分の考えや力ではどうにもできない状態に陥って初めて、何か偉大な力を感じるようになる。

私はいろいろなことを考える。考えることは生きている人間の宿命と言ってもよいもので、考えないではいられない。私は幼い日より孤独であったことが多かったせいか、知恵というものがつき始めて、さまざまのことを私は私なりに考えるようになった。

高等学校に入ってからは、一層深刻にものを考えるようになり、さまざまの思想書を読んだが、解決のつく簡單な問題ではなかった。

友人と話し合う機会も多かったが、友人の中には考えても仕方がないと言う者もいた。しかし考えないでいられるくらい、人間は單純なものであろうか。

自分とは一体なんだろう。独りで自分というものの存在を考えると、孤独を感じる。

孤独は寂しいことである。この寂しさから免れたいと願って、異性を探し求めて結婚をするのであろうか。しかし異性を探し求めて放浪し、気に入った異性を探し求めて結婚すれば、孤独から免れることができるのだろうか。

成程、孤独から免れ得たとしても、異性との共同生活の煩わしさに巻き込まれているだけで、このような煩わしさに浸っていると、恐らく孤独を求めようとするのに違いない。所詮、ひとというものは孤独なものに違いない。

カトリックでは、男女ともに結婚もしないで、一生独身で暮す人達も多いと聞く。神というものを一体どのように考えたらよいのだろう。私はそのことに強い関心を持っていたし、誰かと話し合いたいと思っていた。

私はいつの間にか小一里近く歩いていたようだ。太陽は辺り一面に立ちこめていた靄《もや》を払い、清々しい朝の光線を投げ始めている。

露草がしっとり露に濡れていた。薄紫の小さな花が、眼に染《し》みるように清楚《せいそ》で美しかった。この花においている露もやがて消え、花の色も褪せ、萎《な》え凋《しぼ》み、やがて枯れ朽ちてしまうのであろう。

朝露に濡れたる野辺の露草は
生命《いのち》はかなきひとの世に似て

私は不図《ふと》、こんな歌を口ずさんでいた。仏教の基本的教義である三法印の一つである、諸行無常というのは、こういうことを言うのであろうか、と思った。

第八章

私は女子専門学校で週に二度、午後三時から二時間、十四、五名の女子学生に、フランス語を教えることになった。

若い女性に教えるという初めての経験は、將来、教壇に立つ準備としても良い体験でもあるし、藤波さんに溺れない意味もあった。

僅か十四、五名の小人数だからと思って教壇に立って見ると、全員から見上げられ、一種の気迷いを感じ、眼の向けどころに困った。教壇の上と下とではこんなに違うものなのか。初めての経験であったが、相手が男の学生なら下から見上げられても案外平気なのか。

こうして授業を續けていたある日、桐澤早百合という教え子から電話があり、私に相談したいことがあるので、Mホテルでお食事をしたいと電話があった。

桐澤という学生に私は見覚えがあった。聰明な美しい娘であるが、かなり積極的で勝気なところがあり、しかも固執癖のある娘のようだった。

Mホテルに教師である私を呼出すこと自体、ちょっと異例なことのように思えた。私は約束の時間を考慮して、神楽岡の家を出ると蹴上《けあげ》にあるホテルまで徒歩で出掛けた。

客間《サロン》で待つうちに、早百合がにこやかな笑顔で現われた。薄化粧をしているので、教室で見ていたのとは異なった、艶《なま》めかしい印象を受け、一瞬私はたじろいだ気持になった。

食堂に入ってから、自分は有馬温泉のＹ荘という旅館の娘で、学校を来春卒業すると家業を継いで若女将《おかみ》になるのだと説明した。

食事になってから、彼女は家業の旅館業を継ぐについて、今の家の雲行きから察すると、旅館の番頭か料理を取仕切っている板長と結婚させられる可能性があり、悩んでいるところで、先生の意見を是非お聞かせ願いたいと訴えた。私には個人の家庭の事情や本人の考え方についても、相談に乗ってあげられるような良い考えもないし、まして旅館業というものも野尻湖の黒姫山荘を通じて想像している程度で、現実にこの社会のことは無知に等しかった。

早百合の説明によれば、有馬では一、二を競う高級旅館で有名らしく、家業を継ぐため、少女時代から女一通りの教養として、お花やお茶をはじめ、踊りや三味線まで仕込まれ、加えて女学校以上の学問も必要と、女学校を卒業すると、今の女子専門学校の家政科に入学したのだと説明した。

食堂に入ってから、給仕長を呼んで料理のことを詳しく聞き、素材のことやソースのことまで聞いた後で、私に料理について説明し、先生はどんなものがお好みですかと尋ね、魚と肉とどちらが良いかと母親のように聞き、これが良いわと言った。私は彼女の言うとおりにした。

彼女は母の訓育を受けているせいか、考え方もはっきりしていて、特に私などの意見やアドバイスも不必要なほど、しっかりした考えを持っていた。成程、若女将というものは、料理人や使用人を指導していく経営者でなくてはならず、しかもその力倆も必要なのであろう。私は彼女の話すことに耳を傾けていればよく、このような立派でしっかりした意見を持っているのなら、私の意見等は別に必要だとは思われなかった。

そのことを言うと早百合は、先生とは教室だけではなく、教えていたゞくようになってから、ゆっくりお話がしたかったので、ここを予約したのだと言った。

食後のコーヒーは、彼女の部屋で飲みたいからと給仕人にその旨を話してから、彼女の部屋に行くことになった。本来女性の部屋に行くことに、私は男としての慎しみから安易に受けるべきではなかったが、その場の極自然な雰囲気から、こちらの都合も聞かず早百合が決めてしまうと、私を部屋に誘《いざな》った。

コーヒーが運ばれてから早百合は、

「先生のことは、悪いけど全部調べさせていたゞきましたわ。奈良の大変な名門の若さまでいらっしゃるのですね」

「そんなこと、私のせいではないでしょう」

「――でもお隠しになることでもありませんわ」

「――僕の方も喋る必要もないことです」

「先生のこと友達の間で評判ですのよ。源氏の君って。私は誰がなんと言おうと、先生を私だけのものにしたいと思ってました」

「私には、もう恋人がいます」

藤波さんのことが頭に浮んだ。しかし恋人とは言ったが、姉のような人で恋人と言うには年齢が違いすぎていた。これにも怯《ひる》まず、

「先生に恋人がいたっていいの。私は欲しいものは全部取上げてしまいますわ。先生は私のことお嫌い」

「いきなり言われても、返事のしようもない」

「――では考えて。私のことどうお思いになる」

「美しいお嬢さんと思っていました」

「有難う先生。そう言っていたゞいただけでも、私は満足ですわ」

彼女はこう言って暫く躊躇していたようであるが、意を決して実に單刀直入に、

「先生のこと、初めから私は気に留めていたんです」

「どんなことですか」

「先生、私のお婿《むこ》さんになっていたゞけませんか」

私は彼女の唐突で卒直な言葉に驚いて、繁々《しげしげ》と彼女の顔を見た。眼が何かを訴えていた。

「旅館の若主人というのは、お嫌《きら》いですか」

「今までそんな仕事のこと考えてもみなかったので、好きか嫌いかもわからないよ」

「そうね。先生にはおわかりでないでしょうが、客商賣です」

「僕には、経験したこともないことだし」

「汽船会社の経営者の御曹司でいらっしゃる先生には、商賣人の家のことはおわかりないのか知れませんわね。

——でも私の家に来てくださるのなら、何もしなくてもよいのです。ただ主《あるじ》としているだけで結構なんです」

成程、私は母の言うことを聞き、言われたとおりに行動することに馴らされてきたと言えるし、母同様この女性の言うとおりにしていれば、問題は起るまいと思った。

「先生は男性としては、とても珍らしいお方だと思っていました。

——自分の意志は、はっきりお述べになりませんし。一般に男のひとは、誰もいない二人きりでいると、すぐ口説《くど》くと言いますのに、先生は私を口説こうともなさらないし——」

「口説くってなんですか」

「まあ呆れた方、口説くということをご存知ないの。随分カマトトでいらっしゃること……」

私は初めて聞く言葉だった。

「カマトトってなんなんですか」

「カマボコを「これはオトト、つまり魚でつくるのか」と聞くことから、なんでも知っているくせに知らないと気取ることなの。

口説くというのは、普通男が女に自分の思うとおりになれと相手に迫り、その気にさせることですわ。先生は随分生《うぶ》なのね。こういう二人きりのホテルの部屋にいれば口説くのが普通ですし、私も口説かれる覚悟で部屋にお呼びしましたのに」

私はこういう雰囲気にあって、逆に気持は冷静になっていった。

藤波さんと結ばれたときの思い出が甦ってきた。本能の赴くまま、手近にいる早百合との関係が、如何に甘美で誘惑的であるにしても、越えてはならない垣根であった。

彼女は捨身の意志表示をしているのであり、私がこれを受入れて結ばれたら、旅館の主になる覚悟を決めねばならないだろうし、決めることになる。

私は彼女の示す眼の輝きや媚態に、気持は却って冷静になり、藤波さんのことを思い浮べ、早くここから逃げ出さねばと思った。

「じゃあ、先生、せめてキッスだけでもして」

「そんなことしたら、平静でいられる自信がなくなるから」

「先生、私ね、誰にも先生を渡したくないの。ね、お願い、私を抱いて目茶苦茶にしてくださいな」

「そんなこと言われたって困るよ」

小鳥の世界でも動物の世界でも、牡が牝を追いかけるのが本能であり、自然なことである。

本能的に牡が牝に迫ると、すんなりとは受入れず一応は避けて逃げ、そんな素振りを示すが、結局は受入れてしまうのが普通の形であろう。私はそれとは逆に、女性の方から誘われているのに避けようとするのは私は動物の牡ではなく、人間だからだと思った。

それに私の心の中で、現在一番大きなウエイトを占めているのは、藤波さんのことである。彼女との関係は極自然の成行きであったし、今他の女性と関係を持つことは、彼女との愛を冒《ぼう》瀆《とく》するように思えてならなかった。

私は早百合を振切って、逃げるようにして部屋を出た。

私はどうして準備されたお膳の料理に箸をつけなかったのであろうかと思ってみた。出された料理に敢えて手をつけなかったのは、藤波さんに捧げている恋情を簡単に捨てることは、私が愛というものに抱いている崇高な感情を穢《けが》すことになるからだった。

他方、自分の学問とは全く異質な客商賣は、私の性格には不向きだし、入れ替り立ち替り旅館に現われる未知の人達に、愛想やお世辞を振撒くようなことはとても私にできそうにない。捧げられた美食に箸をつければ、早百合に責任を持つことになり、旅館の主人として束縛されることになろう。私は彼女の捨身とも思える誘惑的要望に應じなかったことを誇らしく思った。

ホテルを出ると夜風が頬に心地良かった。

第九章

十月末、私は京都を朝早く発って東京に一泊、翌日上野から発ち、仙台に着いたのは夕方近かった。

いきなり訪問するのは、先方の都合もあることだし、豫め手紙を書いて返事の来るのを待っていたのだった。

仙台駅に降りると、長身のドゥ・セランシー神父が、笑顔でホームにて出迎えてくれた。

「Soyez《ソワイエ》 le《ル》 bienvenu《ビヤンヴニュ》！（よくいらっしゃいました）」

と、がっちりした手で私の手を握った。温かい感触だった。

駅近くの駐車場にワゴン車が停めてあるので、そこまで歩いてほしいと言われ、私のトランクを持上げられた。

私は今まで漠然と考えていた宗教一般について、特に西洋文明の基礎になっているキリスト教については、無知に等しかった。

ヨーロッパの歴史や文化の基礎には、キリスト教があり、思想的にも学問や日常生活にも深く根を下ろしており、キリスト教をより深く知ることは、美学を研究する私にとって必要不可欠なことである。

生れてこの方、日常の生活や考え方において、仏教という先祖代々受継がれてきた雰囲気に浸ってきた私にとって、美学研究にキリスト教は欠かせなかった。

ヨーロッパの中世の学問や思想の基礎をなすキリスト教、特にカトリックについてよく勉強せねばならぬと思っていた。

野尻湖で偶然なことから知合ったカトリックの神父とともに、修道生活を續けてみれば、キリスト教の一端なりとも理解できそうな気がした。私にとって全く未知の宗教であるだけに、こういう体験をすることが、実効的で手っ取り早い理解への近道のように思えた。

ヨーロッパの歴史上キリスト教というものが、思想的にも学問や文化の面でも、如何に大きく係わっているかがわかるにつれ、キリスト教のことをもう少し知らねばならないと思っていた。私が美学という学問の根本を究めるにも、やはりキリスト教を知ることは必要不可欠であった。

カトリックの長い歴史や宗教改革による新教のことも知りたかった。「生」とか「死」について、私が今まで考え思い悩んでいることについて、野尻湖で偶然知合いになったキリスト教の神父に、いろいろ質問をしてみたいと思っていた。宗教が悩みにどう対処しているのか。

藤波さんの病状は一向に好転しているとは思えなかったし、寧ろ悪化しているのではないかと思われる現在において尚更だった。藤波さんが大山崎に移られてから、環境が異なり、静かで涼しい場所なので、少しは病状もよくなるのではないかと期待していた。

女中の千勢さんから、大山崎に移って藤波さんが二回も喀血したことを知らされ、私は暗い気持になった。本人はそのことを曖気《おくび》にも出されなかった。いつもにこやかに迎えてくれ、弾んだ元気そうな声で話をされた。

私も努めて明るく、笑い声で接するように努めた。しかし、絶えず襲ってくる不安と恐れに私は苛《さいな》まれた。この不安も神父に逢えば、少しは醫《いや》され軽減されるかも知れないと思い、無精に神父に逢いたくなったのだった。

ワゴン車は大型で後部はかなり広く、日常品の買出しに使用されているらしかった。

神父は私のトランクを車の後ろに入れると、私に助手席を示してから、運転台に腰を下ろしエンジンをかけた。

狭い商店街を抜け電車道に出て、その道と平行して暫く走った。神父は実に鮮やかな手捌きで運転した。

「修道会は町から少し離れていますが、静かな場所にあります」

三十分ほど走ると高い鐘楼と建物が見えてきた。

キリスト教について何も知らない私は、教会と言えば石造りの堂々とした建物のように思っていたので、木造建の学校校舎のような建物に着いたとき、教会というイメージと異なり、意外な感じを受けた。

もっともキリスト教も布教が目的ならば、別に荘麗である必要はないのだし、仏教においても本山は立派でも末寺は小さく質素であることを思えば、キリスト教も同じでよい筈であろう。キリスト教における修道会は、言わば修道院の組織的団体で、祈りと労働の生活で、ここはそのカトリックの一修道会だった。

キリスト教が「切支丹」としてわが国に伝えられたのは、室町後期、ザビエールによってであり、後に秀吉がこれを禁圧、徳川になって島原の乱後には厳禁となった歴史的経緯を考えると、半永久的に壮大な教会を日本に建立することは不可能だったろう。従って、目立たない修道会の形にせざるを得なかったのかも知れない。

一口にキリスト教と言っても、旧教と新教の別があり、旧教カトリックの修道会には厳律シトー派をはじめ、ベネディクト派があり、他に修道院外で宣教、教育や社会福祉事業に携わるさまざまな修道会がある。ここはその一つであろう。

車から降りて部厚い木の扉の鉄輪を握って押すと、乾いた軋《きし》んだ音がした。かなり広い会堂で、天井の高いところは鐘楼らしかった。

舞台のように一段高い場所が宗教儀式用の祭壇らしく、説教台と横にはテーブルがあり、上に容器らしいものが載せてあり、眞白な布が上に掛けてあるきりで、想像していた御堂《みどう》と異なっていた。ここは修道会の礼拝堂らしい。

　祭壇以外には殺風景なほど何も置いてなく、カトリック教会でよく見かける聖母マリア像もキリスト磔刑像もなく、木の十字架と左右に一対《つい》の燭台があるきりであった。

　豫想していたようなステンド・グラスもなく、上部のみが半楕円形で、あとは矩形の長手の幅の狭い硝子の窓が、ほぼ、等間隔に取りつけてある。その窓も少ないので、お御堂内はなんとなく薄暗く、ほんの僅か外光を取入れるための、半ば地下室的な雰囲気であった。御堂内には跪《ひざまず》いて祈るための木の台が並べてあるだけだった。

　ここを通り突き当りの扉を開けると、奥に續く長い廊下があった。木床には藁を固めて編んだような敷物があり、靴音がしないようにしてあった。

　廊下の西側は高い硝子戸で、外を見るための窓と言うより、單に明り取りのためらしい。東側は廊下沿いに板壁が續いていて、廊下から内部は見えない。

　一定の間隔でノブがつけてあるが、ここが部屋に入る扉なのであろう。

　廊下の一番奥まった部屋のノブを廻すと、部屋に案内された。

　部屋に入ると床はリノリュウムで、亜麻仁《あまに》油の臭いがしていた。二十畳ほどの部屋で、三人部屋らしくベッドが三床置いてあった。東側は硝子戸であり、ここを通して斜面に木立が見えた。廊下に面した西側はベッドの頭部、南側は隣室との壁ぎわに等間隔に机と椅子三組が置いてあり、各机の上にはシェード付き電気スタンドが置いてある。

「ミソノウさん。この部屋は三人部屋ですが、今は空いていますので、ご使用ください」

と言ってから、トイレット、シャワー室の場所を教えてくれ、食事は全員食堂で一緒にとり、午前十時と午後九時と早朝の五時の三回礼拝があること、總て鐘を合図に行動のこと、これ以外は労働と祈りの時間であるが、用事以外は總て沈黙の生活であると説明を受けた。

「あなたの居たいだけ、ここに居てくださってもよろしい」

と付け加えた。

ひとが宗教に帰依するということは、理屈からではなく、何等かの動機や悲劇的な環境の変化に悩み苦しんだ末に、自《みず》らの力や考え方で対処できなくなり、眼には見えないが、頼れるような力強い何かを求め、安心感を得ようとすることなのではなかろうか。

宗教は理屈からではなく、先祖代々受継いできたものであるから、また両親がそうだったからとか、特に反対すべき理由もないから従《したが》っているというものまで、その形体はいろいろであろう。イスラムにしてもキリスト教や仏教にしても、教理や教義が異なっていても、ある宗教に帰依するということは、それぞれの民族が持つ歴史的宗教を必然的に受入れることであり、理屈ではなく寧ろ民族の持つ精神的馴化《じゅんか》のようなものではなかろうか。

キリスト教なるものを知るためには理屈ではなく、その雰囲気を先ず体得し考えていくしかないのだと私は思った。

ドゥ・セランシー神父が部屋を出て行くと、机の引出しを開けてみた。黒い革張りの部厚い本で金文字で「Bible」と書かれた仏語聖書だった。開いて見た。旧約聖書の最初の目次に創世記があり、次は出エジプト記、レビ記、民数記、申命記と續いていた。

創世記の最初の項目は天地の創造で、初めに、神は天地を創造された。地は混沌《こんとん》であって、闇が深淵の面《おもて》にあり、神の霊が水の面に動いていた。神は言われた。

「光あれ」

こうして光があった。神は光を見てよしとされた。神は光と闇を分け、光を昼と呼び、闇を夜と呼ばれた。夕《ゆう》べがあり、朝があった。第一日の日である。かくして七日かかって、神はご自分の仕事を完成され、第七の日にご自分の仕事、總て創造の仕事を離れ、安息された。第七日の日を神は祝福し、聖別し安息日とされた。これが天地創造の由来である。

天地創造の話は、聖書だけではなく日本の『古事記』にも、これと極めて似た記述があったので、私の興味を惹いた。

私はここに来た機会を捉え、聖書なるものをできるだけ讀む機会を作りたいと思った。

幼い日より仏教的雰囲気に浸ってきた私にとっては、とても異質の珍らしいことばかりだった。私は今まで宗教というものについては、仏教以外のものは考えてもみなかった。

先祖代々奈良に住み、親戚の殆どの人達が仏教の寺とか神社に係《かか》わりがあったし、それが私の身についた宗教で、それ以外の宗教のことは、これまで考えたこともなかった。

聖書によれば神は創造主であり、人間をはじめ總てのモノは被造物であり、神は意のままに、自分が創り給うたものを自分の慾するままに、被造物の意志などと関係なく、生殺与奪の權と力とを握っておられるということであろう。

神が被造物をどのように扱《あつか》われようとも、創造されたものは、創ったものに一切文句も理屈も言えることではない。人間の運命というもの總て、神のみこころのままであると言うのだ。

こうみてくると、因果応報という考え方とは、眞向《まっこう》から対立する考え方であろう。つまり仏教で説く「因果律」というものと相容れない対蹠《たいせき》的な考え方であろう。

人間の運命は神が定め給うことで、人間が神のなし給うことを批判できないし、また批判できることでもない。

このようにキリスト教の考え方を「豫定律」と言って、仏教の因果律とは水と油の如き本源的な違いであり、考え方であると言える。

私は創世記のところを讀みつつ、疲れるとぼんやりと窓外の景色を眺めた。

この世のことは考えれば考えるほど、未知のことばかりで、考えれば考えるほど不可解になってくる。

生と死ということを考えてみる。私はどうしてこの世に生れてきたのだろうか。偶然であろうか。何かの必然だったのだろうか。仏教的に言えば、私が今ここにあるのも前世からの因縁というものであろうか。

しかし、私がこの世に存在していることは、神によって存在を認められ、細胞の一つとして存在したものが、神の御業《みわざ》によって分裂と集散離合を繰返しつつ、一つの形となって存在するようになったものが、他ならぬこの私なのだろう。それならば神のご意志によって、用済みだからと消滅させせられるのが、取りも直さず死というものであろうか。

生あるものは必ず亡《ほろ》び去るのである。これを仏教では無常と呼び、「宿命」と呼ぶのであろう。キリスト教式に考えれば、生も死も神が定め給うた豫定というものだろう。豫定されたことだから、神が定め給うた豫定に従って、人間は希望や意志と関係なく死ぬのであり、人の力ではどうすることもできないのだ。つまり人間は、神によって生かされているのであり、死も神のみ手の内にあると言うべきだろう。それにしても死とは、なんと巧妙で意地悪いものであろうか。ある朝、鏡に映る髪の毛に白髪が混じり、皺の増えたのを知り、風呂上りに彈力の失せた皮膚を知る。逞しかった筋肉は緩《ゆる》み、歯ががたつくのを覚える。

私という存在が、細胞の衰えとともに老化し、死の影へと一歩一歩近づく。しかも休みなく、倦むことも疲れも知らず生命を切り刻んでいくのだ。

息をすることも、眠ることも、食べることも飲むことも、働くことも總てが死なのである。生きるということは、結局死ぬことなのである。それ以外に一体何があるというのか。カネ、一体それが何になろう。地位や名声、それが一体なんの喜びとなろう。

扉をノックしてドゥ・セランシー神父が入ってきて、この教会の院長さまが旅行から帰られたので、挨拶に行こうと言いに来られた。

私のことはご旅行前に言ってあり、既にご了解済みであると言われた。

私も何日間かここで過すことになるのに違いないので、ご挨拶をしておきたかった。

院長室は二階にあった。物音一つしないひっそりとした階段を登る。

自分の胸の動悸が聴えるほどの静けさだった。

二階の硝子戸の窓を通して、仙台郊外の民家の屋根の連《つら》なりが見える。

修道会とは全く静かであり、海の底のような静寂の場所で、私の呼吸する息が聞えてきそうであった。

奥まった部屋のドアをノックすると、「お入り《アントレ》」というフランス語が、部屋の中から聴えた。

部屋に入ると、中背の白いあご髭を蓄え、柔和な眼をした、七十歳を越した年格好の院長が立ち上がり、私に握手を求めてこられた。

骨ばった手であったが暖かであった。

ドゥ・セランシー神父から院長には既に話が通じてあったらしく、フランス語で話した。

「ムッシュー。よくいらっしゃいました」

院長のフランス語は、カナダのケベック州出身の方にしては、珍らしく訛のないフランス語のアクセントだった。

彼は私が居たいだけここに居てもよいと言ってくれ、もし仙台の町に出たいときは、毎朝車の便があるから自由に利用してもらってよいと、特別の許可を与えてくださった。

私が居たいだけ滞在してもよいということは、キリスト教を全然知らない私をこの修道会の雰囲気に馴れさせ、自ら考える時間を与えてくださったのかも知れない。宗教に入信するということは、こういう形で入っていくのが普通であり、極、自然なのかも知れない。

宗教の教義や教理というものは、宗教に伴う日常の礼拝や宗教行事を反復することにより、自然に身に具わり、考え、信ずることに発展していくのではなかろうか。

宗教とは疑問を持つことではなく、先ず信ずることから始まるものに違いない。

宗教に関しあらゆることに疑問が生じても、簡單に説明はできないし納得もできないだろう。同じ苦しみや悩みを持つ人間が、宗教的雰囲気に浸り、自ら考え、神の存在を信じ、自然に教義の理解ができて、自ら悟るのであろうか。

宗教とは理屈で考えると言うよりは、先ず信ぜよということに違いない。

修院長への挨拶を終えてから、聖書の續きを讀もうかと思っている時に鐘が鳴った。

私は廊下に出ると、若い修道士や中年の年格好の修道士が、靜々と鐘楼のある広い礼拝堂に向かっていた。私も彼等に従って礼拝堂へ入って行った。

カナダ人かヨーロッパ人かわからないが、いわゆる外国人達は黙々と集ってきたが、毛色の異った私に注目することも、好奇の眼で見ることもなかった。

バシャン修道院長が入室し、席に着き、十字架に向かって十字を切ると、一斉にラテン語らしい言葉で祈りの斉唱になり、私には内容がわからなかった。突如として祈りは節のついた音楽的響きの言葉に代わった。これがグレゴリア讃歌というものであろうか。実に美しく音楽的であった。仏教でもお経は棒讀みではなく、一定のリズミカルな音階で歌のように聴えてくるときがある。

実に聴くには心地よいリズムであった。

次いで院長が、大きな木の十字架の前にある舞台のようになっている台に登壇し、修院長の両脇に佇立《ちょりつ》している若い二人の修道士が、鎖のついた金属性の球状のものを振った。いい薫りの紫色の煙が出た。これがミサというものの始まりだろうか。神聖なミサを行う場所を浄めるための儀式であろう。

修院長は壇上の白布を掛けたテーブルに近づき、磨かれた銀製の杯《さかずき》をナフキンのような白布で丁寧に拭《ぬぐ》い、その杯に赤ブドウ酒を入れ祈りとともに高く捧げて、祈りの言葉の後でそのブドウ酒を飲まれた。

唱えられている言葉は、總てラテン語のようであった。私にはラテン語はさっぱりわからなかったが、ところどころにディオとかデオという言葉があったが、これが神という意味らしかった。

一通り修院長の儀式の後で、近くの修道士が舞台の前に列を作り、修院長から薄焼の煎餅のようなものを口に入れてもらっていた。

後で聞いたら赤ワインはキリストの血、煎餅状のものはキリストの聖体を意味する、ホスチヤというものであることを知った。

宗教上の典礼とは、どの宗教においても厳粛で且つ壮厳なものだと思った。ミサにおいても神を讃美する歌や斉唱があった。

祈りが終り沈黙の余韻が續き、また鐘が鳴った。修院における生活の主要な区切りと行事は、總て鐘が合図だった。

濃いグレイの僧衣を着た修道士達に混じって、背広の人間は私独りで、なんとなく落ち着かない気分だった。

私は鐘に合わせて整然と行動する修道士と同じように行動した。總て沈黙のままの行動だった。

ミサ終了後に鳴った鐘を合図に、波のように動く修道士の群について行くと、広い部屋があった。頑丈で黒光りする長手のテーブルがあり、腰掛用のベンチがあった。修道士達は黙々と順番に腰を下ろしていった。私もそれに倣《なら》って腰掛けた。

テーブルにはクロスはなかったが、よく磨き込まれて塵一つなく汚点《しみ》もなかった。

テーブルの上には、黄色い陶器の深皿、コーヒー茶碗、美しく磨き込んだステンレスのフォーク、ナイフ、スプーンが置かれ、パン・ド・カンパーニュという大型のフランスの田舎パンが無造作に置かれていた。

このパンはケベック州出身のフランス系の修道士が多いせいか、英米風のトーストになるような柔らかいパンではなかった。

炊事室から三人の修道士が車を押してきた。

当番に当っているらしい修道士が、大きなステンレス製の寸胴鍋《ずんどうなべ》を載せて来ると、端から順番に、各自の深皿にスープを入れ始めた。

全員にスープを入れ終ると、修院長がラテン語らしい食前の祈りを捧げ、一区切り毎に修道士はこれに唱和した。

祈りが終ってから食事になったが、スープはじゃが芋と玉ねぎと人参と莢隠元、角切りの牛肉片の入ったシチュー風のスープであった。

禪宗寺の前の戒壇石には、葷酒《くんしゅ》山門に入るを許さずと書いてあり、清浄な寺門の中に修行を妨げ心を乱すようなネギ・ニラなど臭気のある野菜と酒を持ち込んだり、それらを口にすることを許さないとの戒めが書かれている。これはまさに修道の妨げとなるのであろう。酒は酔うことにより、ネギ・ニラの類《たぐい》は昔から精力剤と言われ、いずれにしてもこの二つの品物は、正常な気持ちを乱すものであるに違いない。さればこそ、イスラム教ではネギ・ニラの類は別として、酒類は正常心を失わせる故に固く禁止されているのであろうか。日本人と異なり欧米人の肉食は、大切な蛋白源であり、假令《たとい》精力増強の食品であっても、宗教上特に禁止はしていないのだろう。

肉片の入った薄い塩味の野菜スープと固い田舎風のパンだけの食事は、どちらかと言えば粗食に近かった。

全員食事が終ったのを見届けてから、院長が立ち上がり、ラテン語で感謝の祈りを述べると全員が唱和した。

感謝の祈りが終ると、静かに全員が出て行くので、私もそれに従って廊下に出ると部屋に帰った。

九時になって再び鐘が鳴り、礼拝堂で就寝前の定められた夜の修会があった。

食事も礼拝も、静粛に整然と行われ、歩く足音、ラテン語によるお祈り以外に、音らしい音は一切しなかった。深い海底のような静けさの中で、一切の行動が実施された。このような静かな音と行動が一糸乱れず実行されるのは、寧ろ不気味にさえ感ずるのであった。祈りの言葉も早からず遅からず、斉唱であり、リズミカルでさえあった。

しかし、ラテン語の祈りの言葉も、どこか仏教のお経のリズムと似ていた。

修道士同士は絶対口をきかなかったが、一切の行動は、液体が動くように静かに揺れながら一定の方向性を持っているようだった。

消燈は十一時であった。鐘を合図に明りが一斉に消された。私は急いで服を脱ぐと、そのままベッドに身を横たえた。

ものの本によると、中世のカトリックの修道院では、藁だけのベッドの上に衣服を脱いで裸になって就寝したらしいが、寒い冬の夜はさぞ厳しくつらいことであったろう。

私は背広の上下を脱ぐと、机と椅子の上に置き下着のままベッドに入った。毛布は柔《やわ》らかく気持がよかった。

私はなぜこの修道院に来たのだろうかと、思ってみた。両親や一番好きな祖母とも皆死に別れてから、私は生と死ということを考えるようになった。幼い日から家族の団欒というものを知らず、いつも独りで生活することの多かった私は、独りでいることを特に寂しいと思ったことはなかった。生活とはこうして独りで暮し過すものだと思い込んでいたし、こんな生活にも馴れている筈であったが、近頃人間の死ということを考えるようになったのは、恐らく藤波さんの病気のせいだろうか。

私とは血の繋《つな》がりはないが、私にとっては、母のような藤波さんというお慕いしている方の病気のことが、気になって仕方がなかった。

その藤波さんが一般には不治の病と言われている胸の病に冒されて、既に二度まで喀血されたことが常に私の頭にあり、その不安な気持から、矢も盾もたまらずこの修道会に来てしまった。それにしても人間とはなんと心の弱い不安な存在なのであろうか。

ここに来れば常に苛《さいな》まれている懊悩《おうのう》や不安も、少しは醫《いや》され、心の平安を得られると思ったからである。物音一つきこえてこない暗闇《やみ》の中で、私はなかなか眠りに就けなかった。ここには時を刻む時計の音もなく、暗い闇と静寂があるだけだった。

私はいつの間にか深い眠りに落ちていった。

鐘楼で鳴る鐘の音で深い眠りから覚めた。

淡い電燈が部屋に燈った。腕時計を見ると午前四時過ぎだった。私が衣服を着ていると、廊下に静かに足音がしたのでドアを開けると、修道士が礼拝堂に移動していくので、私もそれに従って礼拝堂の方へ歩いていった。

全員が集ったところで、明け方の礼拝が始まった。祈りの言葉は全部ラテン語であり、私にはさっぱりわからないので、じっと聞いているより他に仕方がなかった。

昨夕と同じような早朝の修会が始まった。

仏教でも朝の勤行《ごんぎょう》は、お経の文句はむつかしく、何を言っているのか初めてのひとにはわからない。同様にラテン語も全然わからないが、修道士になり勉強すれば、いずれは理解できるだろうし、仏教のお経同様繰返し口に出していれば、内容も意味も自ずと理解できるようになるであろうか。仏教のお経同様反復し馴れるしかない。

必要なことは、考えるだけでなく、実際に定まった途に入るしかないのだろうと思った。

つまり考えることより、実際に飛び込むしかなく、実行する決心があるかないかに、総てが係わっているのだろうし、そのことが「サムシング・グレイト」という、偉大で至高者の持つ見えざる力の存在が、体得可能となるのであろう。神というお方によるお導きは、豫め「偉大にして至高なる神」が、ある人間を選んで、自分の命ずるとおりに行動するよう定めてしまっておられるのではなかろうか。これこそ日本人が一番理解し難く、わかりにくい考え方であるのに違いない。

それこそ何かで讀み、頭の隅にこびりついている「選ばれてあるものの恍惚《こうこつ》と不安」という言葉であった。こういう言葉は言わば、「神が私を豫定された」に違いない。豫定とは神が豫め私を選び、豫定されたのに違いないという、自覚と誇りを受入れることだ。

私は人間社会で選ばれたものでなくてもよいのだし、下積みでもよいのだ。至高者によって選ばれ、豫め定められたと信ずるだけで、充分なのではなかろうか。

礼拝堂に入って来る私を見て、奇異の眼で見る者も、関心らしい気配さえも少しも感じなかった。つまり、自分達と同じ修道士の一員と見ているようだった。

礼拝が終ったのは、午前六時過ぎであった。礼拝後は直ぐに朝食であった。

食堂に入るとコーヒーの良い香りと、トーストの香りがした。腰を下ろした長テーブルの上の大皿には、ベーコンに目玉焼とトーストが二枚載せてあった。

コーヒーは自由に飲めるように、大きなポットに入っていた。ミルク入りのジャーがあり、殆どの修道士がミルク入りコーヒーにした。皿に入っているベーコンはよく焼けていて、口にすると甘い味がした。蜂蜜かと瓶を見るとメープル・シロップであった。カナダは国旗がメープルの葉であり、この樹の樹液からメープル・シロップを作っていることは私もよく知っていたが、カラカラに焼いたベーコンにメープル・シロップがかけてあるのは、やはりカナダらしいと思った。

塩気のあるベーコンには、甘いメープル・シロップとがよく合っておいしく、カナダ風の朝食だと思った。

禪宗の食事は日本人らしく、主食は米で、副食は野菜の味噌汁や昆布や野菜中心とした、どちらかと言えば農耕民の食事で、ここことは対蹠的である。

ヨーロッパ系の食事は、やはり牧畜民の食事であり、葷酒《くんしゅ》山門に入るを許さずではなく、平生牧畜民が食べ馴れている肉類や乳製品といった、営養たっぷりのものが中心となるのであろう。

私が仙台に来るについては、藤波さんには何も知らせていなかったので、野菜など日用品を買出しに行く修道士に、私の手紙を仙台でポストに投函してくれるように頼んだ。

仙台に来て十日ぶりに、藤波さんが私に宛てた葉書を修道士が持参してくれた。

彼女は私が仙台のキリスト教の修道会に来ていることに、とても驚いていらっしゃるらしかった。

しかし、修道会に居る私に女性から手紙を書くことには、随分躊躇されたらしいことは、葉書の文面に現われていた。

葉書を届けてくれた修道士は、私より二、三歳年長の人で、故郷はケベック州のシクチミという町の出身者だった。この町はフランスの小説『白き処女地』に出てくる地名である。

彼はいずれ近いうちに北海道の渡島当別《おじまとうべつ》のトラピスト修道院に行く豫定であると話したので、その修道院のことを尋ねてみた。

強い信仰心の人らしかった。私は修道院といっても漠然としか知らなかったが、北海道の修道院はベネディクト派教団のシトー派の一分派で、トラピスト派に属する修道院とのことだった。ここに入《はい》るのには、かなり嚴格な規律があるらしかったし、信仰心の強さも豫め試されるとかで、それに充分に堪えうるかどうかの信仰心と決意が要求されるとのことであった。

私は夕方の礼拝前のひととき、雑木林の中を歩いてみた。仙台の十月は既に寒かった。

楢の樹の葉は枯れてほぼ散ってしまったが、枝に残っている葉は吹き抜ける風に、カサコソと洞《うつ》ろな響を立てた。時々吹き抜ける風に樹々は震え、葉が一陣の風に舞い散っていった。

夏に野尻湖で知合った神父のいる修道会に、私は遂に来てしまった。

私を締めつける不安と焦燥に追い立てられるようにして、私は仙台北の修道会に来てしまった。不安と焦燥の原因は、確かに藤波さんの病気のことだったが、今では別の考えから私はキリスト教に関心を持ち始めていた。

私は祖母も両親も失い天涯の孤児になってしまったが、これも神のお導きかも知れない。命ある生きとし生きる總てのものは滅びてしまう。なんと侘しくも悲しいことであろうか。つまり生きているものは、必ず總て滅びてしまわねばならない。

冷たい死の影が、時々刻々迫ってくるのは何故だろうか。何か恐ろしいことではあるが、生きている以上は避けられないことである。藤波さんの病状が不安であり、不安の故に私は懊悩《おうのう》し、いずれ永久のお別れをしなければならない日が来るだろう。

私としては、どうもしてあげられない運命に焦燥を感じ、せめて藤波さんのためにしてあげられることは、病気の恢復を神に祈るしかないのである。

死とは一体なんであろうか。死という、人間にはわからない不可解の虚無に帰することであろうか。長い長い時の流れという区切りの中で、呼吸が止まり、私の肉体から意識が消え去り、有機的な調和が破れ、分解した有機体が眼に見えて風化し腐敗し、そして私の肉体以外の微細な物質に変化することであろうか。

地面に潰されて死んでいる虫けら、散った枯葉を見ても、私は死だ死だと無言の威圧を感じていたが、神に召されるべく豫定されているのだと思うと、心は平静になっていくのを覚えた。

つまり私は死ぬのではなく、神のお招きにより神にお導きを受けるのだ。

私は神に選ばれた人間であるとの自覚から、修道士の一人として、神のみこころをこの世に伝えるため修道士になろうとしているのだ。

第十章

十一月初旬、私は約二週間余を過した修道会を後にした。粉雪の舞う日だった。私はドゥ・セランシー神父とバシャン修道会院長の二人に見送られて、仙台を後にした。プラットフォームに立っている二人の黒い僧服に、横殴りの風に乗った粉雪が降りかかり、サラサラと音を立てた。私は身震いした。

汽笛が鳴り、汽車が動き出すので、私は急いで汽車のデッキに乗り、二人に手を振った。客車内は暖かだった。窓には粉雪が瀧のように降りかかり、サラサラと音を立てた。遠くの山の連なりは、降りしきる雪に霞んで見えなかった。

今度の仙台行きで、私は仏教とか神道というものが、幼い頃から食べ馴れた食事と同じように生活に浸み込んでいたので、キリスト教という別の食事のあることを知ることとなった。修道会で過した二週間余の間に讀んだ、キリスト教に関する文献により、思想や考え方に大きなインパクトを受けたことは事実だった。

神学とは、認識論の到達しうる限界を更に超えて、神の永遠の光によってのみ、その思想に到達し得るものであることを悟った。

これは私が今まで学んだ哲学より更に奥深く、高度のものであったし、叡智の鏡によってのみ到達しうる世界であることを識った。

仙台の修道会での生活は、確かに私にとって初めての体験であったし、新しい認識への転機でもあった。

汽車は眞白になってしまった平野を走り續け、喘いで溜息をつくようにときどき汽笛を鳴らした。

雪は絶え間なく降り續き、汽車は自分の存在を誇示するように黒煙を吐きながら只管《ひたすら》走った。河も山々も森も、灰色の空から絶間なく降り續ける雪の幕に、包まれていった。

「このぶんだとラッセル車でも出ねぇことには、どうにもなんめぇーよ」

乗客が声高に話すのを聴きながら、窓外に降る雪を眺めていた。

空のどんよりとした鉛色が、地を重く圧し絶間なく雪を降らしていた。

車内は夕暮のように薄暗く、乗客も黙しがちであり、天井に燈《とも》っている電燈の光も侘《わび》しく頼りげなかった。

汽車が駅に停っても乗ってくる人は少なく、駅名を告げる駅員の吐く息が、すぐ白い湯気になった。

郡山で汽車が停車すると、会津若松から乗ってきた人達で賑やかになった。

薬缶の注ぎ口だけを外に出し、他はすっぽり風呂敷で包んだ子供連れの女の人が乗り込んできた。暖房と飲み物を兼ねているらしく、聞き取りにくい方言も、私には微笑《ほほえ》ましく思えた。

雪は汽車が黒磯に着く頃には小降りになり、宇都宮に着く頃にはやみ、鉛色の曇り空が垂れ籠めていた。


上野に着いたのは六時ちょっと過ぎであったが、街は夜の帳《とばり》に包まれていた。京都に帰るのに夜汽車では疲れるので、東京駅に出てステーションホテルに泊ることにしようと思ったが、長い間逢っていない北辻忠継に電話すると、妹の阿津子が出て、

「珍らしい人だこと。どこにいるの」

と言うので、一晩ステーションホテルに泊って明日帰るつもりだと言ったら、

「そんなところに居ないで、こちらに来て泊りなさいよ」

と言われ、折角来たのだから忠継だけには逢っておこうと思って行くことにした。

忠継は私より二歳年上で、まだ彼の父親がK製鋼の技術部長をしていた頃、月見山近くにあった「別荘学校」で一緒だった。

これは学校ではなく、素封家とか資産家達の子女が、小学校に上がるまでの間、通う特別幼稚園みたいな施設だった。

忠継の父親の重役就任を機会に家は東京に移り、代官山の大きな邸宅に住んでいた。

彼は後に学習院に入り、高等科を終えると、そのままウィーンへハープの勉強に行っていた

が、留学を終え、今ではS音楽専門学校で教えている。私はステーションホテルに泊るのをやめ、東京駅から省線で澁谷に出て、ここで東横線に乗替えて代官山にある北辻邸を訪ねた。

邸は大きな門があり、そこを入っていくと植込みがあり、左に廻ると車寄せの玄関がある。

北辻家は武家出で、当主忠正氏は阪大理学部出のエンジニアで、趣味の多い人であったが、自分の専門とは懸け離れたことを趣味として研究するのが好きで、妹の阿津子の話によるとフランスの銘菓マロン・グラッセの製造研究をし、既に製品化に成功しているらしかった。

北辻夫人は京都育ちの淑《しと》やかで美しい、麗人の誉れも高く、茶人であり、書家としても知られていた。

私の母と違うところは、母は和歌を詠んだり香にも嗜《たしな》みがあり、祖母の薫育もあってか山村流の生け花は勿論、字も上手であった。たゞ奈良法師の流れを汲んでいるためか、薙刀や小太刀の遣い手という武芸の心得があるところが、普通の家庭婦人と異なっているらしかった。

阿津子は私より三歳年下で、女子学習院高等科を卒業後、銀座五丁目に婦人装身具や小物類を取扱う「ミュゲ」という店を持っていた。

北辻邸に着くと、彼女が玄関に迎えてくれ、私を部屋へ案内してくれた。

「――ところでチカちゃんは、あまり東京へはいらっしゃらないわね」

「やはり京都の方が馴染み深いよ。学校がずっと京都だったからね」

「今、なんの研究をしていらっしゃるの」

「美学という学問」

「一体、美学ってなんなの」

「なんだか、こちも研究してもなかなか奥深くわからないところが多くて困っている。お父上は虚学だと仰しゃっていたし……。蟻地獄に落ちたようなもので、もがけばもがくほど、本質がわからなくなってくるのだよ」

「ふーん。それでも續けるの」

「面倒でむつかしいけれど楽しいよ。

――ところで、阿津子さんが経営しているミュゲの方は、うまくいっているらしいね」

「勿論よ。私が切り盛りしているのですもの」

「大変な自信だね」

「あら、本当よ。明日お店を見せてあげるから。

――それに、私のデザインしたネクタイは大変な賣行きなの。専門外だけど」

「それはそれは、結構なことで――」

「冷やかしてるの」

「いや、とんでもございません」

「嘘仰しゃい。こころじゃ冷やかしておいでのくせに」

「そんなことないよ」

「顔に書いてあるわ」


朝方、私はうとうと眠っていた。

昨夜ベッドに入ってから、何時間ほど眠ったであろうか。仙台での疲れもあったようだ。

ドアをノックする音に、夢うつつではっきりしない。

「チカちゃん、起きなさいな」

阿津子が寝室まで起しに来ていたのだ。

独りっ子として育ってきた私にとって、北辻の妹は、逢うと遠慮なく口がきける私の妹のような存在で、逢うと自由に話ができた。

私はベッドで背伸びした。二週間余の修道会での生活は初めての体験であり、精神的疲労で寝過ごしたのだろう。

「何時《なんじ》ごろですか」

「九時を少し廻ったところよ。朝の食事なさる。中途半端な時間だから、コーヒーぐらいにしてて。修道院なんかじゃ粗食だったでしょうし、お昼は私が招待してあげるわ」

私は洗面を済ませると、リビング兼食堂になっている階下の部屋に入っていくと、北辻夫妻がお茶を飲んでいるところだった。

私はご夫妻につい、朝寝をしたことを詫びた。

忠継は既に学校に教えに出掛けていた。

「よく眠っていたらしいね、精神的疲労が重なっていたんだろうね。仙台のカナダ系の修道会に行っていたんだってね」

「はい。野尻湖でお知合いになりました神父さまが、仙台にいらっしゃって、お招きを受けていましたので」

「修道会とは、また変ったところで過したものだね」

それを引取って夫人が尋ねられた。

「まさか修道院にお入りになるのではないでしょうね」

私はさすがに女の人のカンは鋭いと思った。

阿津子は透《す》かさず、

「修道会がなんの勉強のためになりますの。阿津子にはわからないわ」

「そうですか。美学というのは、言ってみれば、美の本質は何かということを探求する学問で、美の本質の追究をしていく上では、絵画、彫刻、音楽その他諸々《もろもろ》の芸術作品には、ヨーロッパではキリスト教に、それぞれなんらかの係りがあると思われるからなんですよ」

忠正氏もそれに同調した。

「確かに芸術というものは、宗教と関係があると思うな。現在わが国に残っている奈良や京都の芸術作品の基本には、宗教的な結びつきがあるように思える。――ということは、美の本質を識ろうと思えば、やはり宗教との関連を知る必要があるのかも知れないな」

「もう議論はそれぐらいにして、チカちゃん、早く出掛けましょうよ」

と阿津子が急《せ》かせた。

「朝早くからどこに行こうと言うんだい」

「阿津子のお店をチカちゃんにお見せするのよ」

「若い女の子向きの装身具の店を見せてもしようがないのじゃないか」

「そんなことなくってよ。私のセンスがどの程度か、美学を専門にしているチカちゃんに見てもらい、よいアドヴァイスもいたゞきたいと思うの」

私達二人は外に出ると代官山から澁谷に出て、ここから市電にのり、新橋で降り、銀座四丁目の方へ歩いた。新橋で有名な佃煮《つくだに》屋の前を通り堀割に架かる橋を越え、一つ目の路を更に銀座方向に歩いた通りに阿津子の店はあった。

間口は広くはないが、如何にも立ち寄りたくなるような店であった。ショーウインドウにはブラウスやスカートが並び、手袋、ハンカチーフ、ハンドバッグ、装身具類といった女性向きの商品が陳列されていた。

硝子ドアを開けて入ると、十七、八歳の円顔の女性が、「いらっしゃいませ、お嬢さま」と挨拶をして、私には軽く会釈をした。

「チカちゃん、こちらよ」

鍵の手に曲った、奥まったところにある部屋に通された。せいぜい六畳ほどの狭い部屋に、四角いテーブルが置いてあり、椅子二脚とスツールが二脚という誠に簡素な部屋であった。銀座という場所柄を考えれば、婦人物の店としては、これで精一杯なのであろう。鍵のかかる硝子戸棚には、仕入帳、賣上帳、その他会計帳簿のようなものが入れてあり、その横にやはり女性の事務室らしく、フランス人形が入れてある。

「ここに腰掛けて待っててね。二、三箇所、電話連絡があるので」

卓上の電話を取ると早速話し始めた。口振りから見ても、私が知っていたかつての女性とは思えず、テキパキとした應待の態度は、もう立派な一人前の女実業家であった。

こちらの要求は要求として一歩も譲らず、はっきりと相手に文句を言った。私は彼女の態度に、商賣上の強《したた》かさを感じた。これでは男の私でも、とても彼女に太刀《たち》討ちできないだろう。やはり、武家出身の家柄には、血の中には、そうした強さが性格としてあるのだろうか。

兄の忠継が音楽家になったことは、やはり母方の血の影響で父親から言わせると軟弱の誹《そし》りを受けていた。阿津子は、父方の血を享けたのか豪毅《ごうき》に富んだ性格だった。父親は息子と娘が寧ろ逆だったらよかったのにと嘆いたが、これぱかりはどうにもならなかった。

神の悪戯としか思えない子供の性格の相違について、息子が娘の性格なら、当然父と同じ職業を選んだろうし、娘が母の性格だったなら、当然に音楽家としての途を選んだことだろう。世の中には私と同じようなことを考えて、運命の皮肉を託《かこ》っている親達も多いだろうと思った。この私からして、私に期待していた父の希望を叶えることも、また叶えたいとも思わなかった。

私の父系の血筋は豪快で、かなり自由奔放であり、母方もいわゆるかなり烈しい気性であり、父母とももども積極的でいわゆる武張った性格であり、私は好きではなかった。

父方の血筋に流れている性格が、私の性格の中に少しでも流れていたら、私は父の希望どおり醫者への途を歩いたか、父の仕事を継承しただろう。遺伝学上の突然変異だったのかも知れない。

阿津子は電話を終えるとすぐ店の方へ行き、さきほどの店の女性に何かを命じていたが、二十分ほどすると小さな矩形の紙箱を持って、私のところへ戻ってきた。

「これ、チカちゃんにあげるわ」

箱を開くと薄い茶色の高級品らしいネクタイだった。取出すと私の背広に合わせ、

「これ、私のデザインしたネクタイよ。チカちゃんに似合うわよ」

成程、私の好みに合っていた。私は英国製の辛子色のチェックの上衣だったので、茶系統のネクタイは、不思議によく合った。

「うーむ。気に入ったよ、このネクタイ」

「――でしょう。それご覧なさい。センスの問題よね」

彼女は自慢気であった。

「吉岡さん。このネクタイ、ラップしてくださいな。それに綺麗な紐リボンをかけてね」

「かしこまりました。少々お待ちくださいませ」

暫くして、紫のリボンで結んだ箱を渡してくれた。

「さあ、これでよし、と。じゃーあ、出掛けましょうか」

「どこへ」

「黙ってついていらっしゃい」

私は阿津子の言うままに従った。新橋に向かって歩き、ある喫茶店の前に来ると、

「チカちゃんの家をよく知ってらっしゃるおばさまが、経営しているお店なの。ちょっと寄ってみましょう」

そこは「シュヴァリエ」という店だった。

「チカちゃんならこの意味はわかるでしょう。騎士とかいう意味らしいわね。フランス好きのおばさまが英語ではなく、フランス語をお店の名前に付けたいと考えて命名されたらしいの」

「その点、ミュゲ（鈴蘭）もいい名前だよ」

「ちょっと少女趣味ね。お出居《でい》さんが命名したのよ。いい齢してるのに少女趣味ね」

「かえって可愛くて、いいと思うよ」

「最初は嫌だったけれど、お客さんはいいと言ってくださる方が多いのよ」

シュヴァリエの扉を開けて入るとボーイが、

「いらっしゃいまし」

と愛想よく挨拶した。

「上にいらっしゃる」

「はい、おいでになります、どうぞ」

ボーイがボタンを押すと二階への扉が開いた。主人を訪ねてきたひとたちがいる場合、ボーイが呼鈴のボタンを押して合図するらしかった。階段を昇ると、藤波さんより若干年上と思われる着物のよく似合う女のひとが顔を出した。日本的な色の白い京都的な風姿の女性だった。

「どうぞ、お入りになって」

部屋は思ったより広く、美しいペルシア絨緞が敷いてあった。高価なものらしいことは、色彩や模様からもよくわかった。

「チカちゃん、宮坂のおばさまよ。こちらは御園生さん。多分おばさまもお名前はご存知と思うけど」

「えゝ、存じておりますとも。お母さまとは、奈良でお逢いしたことがございます。よく似ていらっしゃるわ。アツに紹介されることもないぐらいよ。さあ、どうぞ」

十二畳ほどの部屋には、大型のカナペと揃いの肱掛椅子が置かれ、窓端にはマホガニー製の傾斜したピユピィトルという書見台兼文机などなど、高級な家具が置いてある。

私は北辻家のひとたちもこの宮坂という婦人も、どうも私とは異なった社会のひとたちのように思えた。

私は藤波さん一家と比較して馴染めなかった。

「今、お茶をいれさせるわ、飲物は紅茶がいい、それともコーヒー」

「コーヒーがいいわね、チカちゃんは」

「うん。ミルクコーヒーがいい」

「このおばさまはね、今骨董品を取扱っているのよ。いい骨董品の目利きでいらっしゃるの。それはそれは素晴しい鑑定眼がおありで、殊に良いものを見極めて、賣買なさってるのよ。日本のものは外人には喜ばれるわ」

「品物があるうちは、まあまあだわね。でもいつ駄目になるかわからないのよ、この商賣ばかりは」

「――でも、今のところは順調なんでしょう」

「まあ、ぼつぼつね。でも仕事を續けるためには、英国のオークションにも出掛けて仕入れねばならないわね」

階下から運ばれてきたコーヒーはおいしかった。薫り、味ともに素晴しかった。

「それはそうと阿津子さん。あのお話はどうなっているの」

「嫌よ、そんな話ここでは絶対嫌よ」

「——でも、相当進んでいるような噂を聞いててよ」

話というのは阿津子の縁談らしかった。

「わたくし全然気にも留めてなくってよ。そりゃあ、お母さまは乗気かも知れないけど、あんな職業の方、わたくしとは全然合ないわ。私は絶対嫌なのよ」

「じゃあ、そんな職業のひとでなかったらいいの」

「嫌に追撃なさるのね、わたくしは人間的に嫌なの。このお話はこれでおしまいよ」

私は黙ったまま二人の会話を聞いていたが、阿津子の縁談の相手が誰なのかわからなかったし、一向に興味も関心もなかった。

未婚の女性にとっては、結婚は若き日の夢であろうし、最大関心事なのであろう。一生のことが、夫となる男性によって左右されるとなれば、それだけ切実であり重大問題であるに違いない。

私は二人の女性の世間話や阿津子の縁談を聞かされる羽目になったが、こういうことが世間の現実なのであろう。修道会や宗教とは無縁の世界なのだ。

宮坂夫人のところを出てタクシーを拾い、私達は帝国ホテルにあるフランス料理のレストランに入った。

気のきいた洋食の店となると、やはりホテルしかないし、その点ここは老舗だった。

「今日は少し早いと思ったのだけど、聞いたらできるというので、カナール・ア・ロランジュ（鴨のオレンジ煮）にしておいたわ。秋らしくていいでしょう。食後のデザートは、グラン・マルニエ仕立てのスーフレ（ふっくら焼いたオムレツ風デザート）よ」

「それは有難いな。鴨にもいろいろ料理があるね。マグレ・ドゥ・キャナール（鴨のフィレ料理）も中華の北京ダックもおいしいけれど、僕はオレンジ仕立てのこの料理が好きだよ」

「よかった、チカちゃんに喜んでもらえて」

「日本料理なら鴨は狩場焼か、すき焼か金沢の治部煮《じぶに》ということになるらしいけど、僕は鴨のオレンジ仕立てのフランス風だね」

私は久しぶりにおいしいフランス料理を口にして満足だった。ワインはコート・ドゥ・ローヌ、つまりブルゴーニュワインの赤だった。

しかし、デザートのスーフレは膨らみが足らず、ここのものとしては不出来だった。パティシエが練習のために焼いたとしか思えず、私も阿津子も顔を見合せ、直ぐコーヒーにしてもらった。

「申訳なかったわね。銀座のいいお店を知っているので、そこでデザートの食べ直しをしましょうよ」

レストランを出て銀座通に出ると、いつもの通り人が溢れ賑やかであった。

私達はコロンバンにしようか資生堂にしようかと相談し、結局資生堂に行くことにした。

第十一章

京都駅を降りると、駅前からタクシーを拾い神楽岡の家に向かった。駅前から市電の銀閣寺行に乗れば、乗替えなしで銀閣寺道で降りれば、家まで直ぐであったが、寝不足の夜汽車の疲れを一刻も早く醫《いや》したかったので、タクシーにした。

家に着くと火鉢に火を入れてもらい、汽車の油煙で汚れた顔を洗い、髭を剃りさっぱりした気分になってから、机上に置かれている郵便物を見た。藤波さんの筆蹟であることは直ぐわかった。裏を見ると大山崎の尼僧よりとあった。日付を見ると、私が仙台の修道会で受取った以後の手紙だった。恐らく修道会にいる私宛に、頻繁に手紙を出しては悪いとの心遣いから、ここ宛てに送られたものに違いなかった。

仙台へお発ちになってから、今日で丁度二週間程になりましょうか。毎日郵便屋さんの来る時刻になりますと、胸を轟《とどろ》かせて待っているのですけれど、私宛のものは殆どございません。全くがっかりしてしまって、一日じゅう気分が重くなります。一体公親さまは、どうしていらっしゃるのかしら。いつもなら、こんなにお便りをくださらないことはないのに。

それにしても、どうして急に仙台の修道会にいらっしゃる気持になられたのかしら。もともと考え深いうえ眞面目すぎるお方なので、その点が私には心配なのでございます。余程何かお悩みになっていることがおありなのに違いありません。

私のところから急に離れて旅に出て行かれました。私の気持やこころの支えと思っております公親さまの健康が心配になり、ためらいつつ幾度も筆を執りましたものの、修道会にいらっしゃる方へ、女性から手紙が頻繁に行きますと、公親さまもきっと御迷惑と思われるのに違いありません。

私はどんな些細のことでも、毎日の生活を綴ることに致しましょう。

私からの手紙は山雀通信と致します。

山雀日記

第一信

こちらのルリは、毎日元気よく食べよく遊んでおります。だんだん馴れて可愛いくなってまいります。

私がベッドに居ない時は、籠から出て枕の上やお布団の上まで来て遊んでおります。

私が寝《やす》んでいる時は、畳の上まで降りてきておいたを致します。食べこぼした苧《お》の実が、

小さなボール箱に入れてございますでしょう。それを見付けると、飛び降りてきて嘴《くちばし》に銜《くわ》え、額縁の端に行ってとまり、そこでコンコン、パチッと殻を割って食べています。

私は殆ど毎日部屋を閉め切って、ルリを自由に遊ばせております。

それをよく知っていて、午後になりますと嘴で開けてくれと、鳥籠の戸口を突《つつ》きます。外に出してやりますと、ルリは直ぐに掛けてあるタオルに来て、糸を引抜き始めます。

タオルなどは、殆ど完全な状態のものはございません。

お別れしましてから、私の病状は一向に快方に向かいません。公親さまの仰《おう》せどおり、規則正しい生活を続けておりますのに。

十八日は、私の父の命日に当っておりましたので、夜寝む前に父も私同様に好んでおり

ましたお香を炷《た》いて瞑福を祈りました。

私は何か思い出がありますと、お香を炷いております。これはお香を初めて以来今迄ずっと續けていた習慣でございます。

独りでお香を炷いて聞いていますと、気持が鎮まり、一番性《しょう》に合っているように思われ、気持も落ち着き、安らかな楽しい気分になるからでございます。そんなときに不図、公親さまとお知合いになりました不思議なご縁を考えてみたり致します。

御両親さまを失われ、一番お近いお齢召までおなくしになられ、どのような思いで暮していらっしゃるのかしらと、公親さまが痛ましく思われてなりません。

公親さまが仙台の修道会においでになられたご心境は、一体どういうことでございましょうか。

第二信
第一信を書いてから三日間が経ちました。
朝、眼が覚めますと意外にも、窓のそとには雪が眞白に積っておりました。
今年は冬の訪れが、例年より早いように思われます。
公親さまのいらっしゃる仙台でも、ここ同様に雪が積っているのでございましょうか。

窓の外は、いつも見馴れた眺めですのに、今朝はなんだか変って見え、一層清らかに感じられます。

部屋から見える景色のすべてが、雪に包まれております。一般に雪の日には、なんとなく普段より静かで、音さえしないように思われます。

ルリはどうしているかしらと思って、覆《おお》いの風呂敷を取って見ますと、やはり寒そうに止り木で円《まる》くなっていましたが、直ぐに嬉しそうに籠の中で飛び始めました。

思えばもう随分長い間、公親さまにお逢いしてないような気がします。それにこちらからは、お便りを書かない方がよいと思いますと、一入《ひとしお》遠い遠いお方になってしまわれたような気がいたします。

今日も遂にお便りはありませんでした。もう待たないことにしようと思いましたけれど、やはり郵便屋さんが配達に来る時刻になりますと、ひょっとしたら私宛の手紙があるのではないかと、そわそわした気持になります。

霜月某日

美也子

公親さま

第三信

朝、目が醒めますと直ぐ覆《おお》いを取って見て、ルリが籠の中で動いているのを見ますと安心いたします。ベッドから降りてきて覆いを取る時に、もしや寒さで落ちている（死んでいる）のではないかと、恐る恐る風呂敷を取ります。

籠の中を飛び始めますと、ああよかったと思うのでございます。

昨夜は眠れなくて、今朝六時ごろ漸く少し微睡《まどろ》んだぐらいでしたので、眼覚《めざ》めますと頭が重く、気分がはっきり致しません。眠ろうと努力しますと、かえって眠れず躰も疲労しております。

今日は熱が高くなるのではないかと心配です。検温のたび毎に、豫想どおりなら安心するのですが、少しでも高いとやはり気になります。

食慾は相変らずなくて、お昼に半熟卵半分とおかゆ半膳、蜜柑の三袋がせいぜいでございました。少しでも食慾が出ればと思っておりますが、寝んでばかりおりますとそれも湧きません。

今日はルリを籠から出してやることもできず、千勢さんに覆いをとってもらいました。

ルリが籠の中で動いているのに安心して、ベッドから眺めて一日を暮らしました。

第四信

昨夜はなんだか寝苦しくて、やっと午前三時になって微睡《まどろ》んだようでございます。朝方に私は泣いている夢を見て、驚いて眼が覚めました。

公親さまが仙台へおいでになられてから何の便りもございませんので、そのことが気になっていた所為《せい》かもしれません。何か公親さまの身の上に起ったのではないかと、とても気になってとうとう眠れませんでした。

今日午後三時の検温で、七度六分でございました。少し熱が高いようでございます。

今朝から一度もルリを籠から出してやってないので、放してやりましたら嬉しそうに飛び廻り、早速タオルの糸抜きのおいたを始めました。

暗くなり始めますと、やはり自分の塒《ねぐら》を知っているのか、ちゃんと自分から籠に入るので、本当に可愛らしいと思います。

今日は公親さまが夏、野尻湖畔からお送りくださいましたお手紙を読むことに致しましょう。第三信が短すぎたように思いますので、その続きです。

とりとめもないことを今日も書くことに致しましょう。ベッドで寝《やす》んでいますので、長くは書けませんが……。

雑誌を読んでおりましたら「おっさん」という言葉が、近頃は上流社会の家にまで、入り込んできましたようでございます。

あまり品の良くない言葉が、家庭にまで入り込んできたのを嘆く意味からか「言葉の乱れ」という随筆を読んでおりましたら、昔なら「おもうさま」とか「おでいさま」とか呼んでいるご家庭なのに、子供達が父親のことを「おっさん、おっさん」と巫山戯《ふざけ》て呼ぶのが流行《はや》っていると申します。私は独りで苦笑しておりました。言葉とか使用法は、やはり時代と共に変っていくのでしょうか。

世の中は日々変っていくでしょうし、変り続けることでしょうが、日々の生活が今迄通り続けられますことは、仕合せなことと申さねばなりません。

疲れましたので、今日はこれだけに致します。

第五信
昨夜から急に冷えて、このお部屋には霰《あられ》混じりの北風が、恐ろしい勢いで吹きつけています。ここは高台にございますので、風の當りも殊に激しく感じられます。
西の窓からもつれない風が窓ガラスを震わせます。
ルリは二、三日前より悪い子になってしまいました。夕方になっても、いつものようにおとなしく籠の中に入らないのでございます。

今日は昨日の罰として放してやりませんでしたが、籠の中でもいつまでも騒ぎまわっているのでございます。どうしたことなのでしょうか。

一昨夜から今朝まで、これまで味わったことのない厳しい寒さで、いくら火をおこしても寒く震えておりました。

夜ベッドに入っても、湯タンポだけでは暖まらないので、また起きて懐爐を入れてみたりしました。

生れてこのかた借家とか、借間住いをしたことがございませんので、寒い部屋に独りいますことがこの上もなく侘しく、一入《ひとしお》寒さを感じるのかもしれません。

この寒さに山雀さえも、凍《こご》えていやしないかと、大変心配でございます。

今夜は霰は降りませんが、時々思い出したように雨まじりの風が窓ガラスに吹きつけて参ります。不図、雨の音を聞いておりましたら、

夜の雨の窓を打つにも砕くれば
　こころは脆《もろ》きものにぞありける

という明石検校《けんぎょう》でしたかのお和歌《うた》が思い出されました。

またそのお和歌から盲《めし》いた人達の身を思い、自分に強い健康さえあれば、気の毒な方々

のために点字を習って、色々な本を写す仕事でもしたいものだと考えたりいたします。

私も公親さまと何処か似た性質があるのでございましょうか。あまり目立たない地味な根氣を要する仕事が好みのようでございます。

いろいろ致したいことが澤山あって困りますが、病気の躰ではなかなか思うようには参りません。私はこの世に生を享けた意味を考え、ひとさまのお役に立つような生き甲斐のある仕事を果してから、この世を終りたいものだと思います。


「山雀通信」は、第五信で終っていた。

私は約二週間近くも、藤波さんに便り一本も出さなかったことを申訳なく思った。こんなに心細いお気持で暮しておられたのに、手紙の一通も差上げなかったことを後悔した。私の考えでは、彼女の病気のためには、そっとしてあげた方がよいと思っていたのだが、私からの便りを心待ちにしていらっしゃったことを知り、こころが痛んだ。そっとしてあげた方が、病気のためにはよいのに違いないし、ましてや修道会に居ることは、かえって私の心情を推測され、心配されるかも知れないと思ったからである。私が考えていたことは全く逆の効果を藤波さんにお与えすることになってしまったのだった。

夜汽車に乗るといつも眠れない私は、かなり疲れていたので、藤波さんが書き綴られていた「山雀日記」を讀み終えると、暫く眠ることにした。

眼が覚めたのは昼近かったので、顔を洗うと髭を剃り、私の好みのいつものオー・デ・コロンを頰につけてから、市電で河原町のシエ・モン・トントンという行きつけの、素人ではあるが洒落れておいしいと評判のフランス料理の店で早めの昼食を終えると、大山崎に向かった。久しぶりにお眼にかかれるという喜びが、私の気持を急かせた。大山崎の駅を降りると、坂を走り登るように足を早めた。

家に辿り着くと玄関に行くまでもなく、下から藤波さんの名前を呼んだ。

硝子戸が開くと、藤波さんの白っぽい顔が現われ、嬉しそうに微笑された。

私は急いで玄関に廻り、千勢さんに東京から持って帰ってきた、北辻の父親が作らせているマロン・グラッセの包みを渡した。

今日もお香を炷《た》いていらしたらしく、伽羅《きゃら》の薫りが階段辺りまで薫っていた。

部屋に入ると、藤波さんはなんとなく弱々しく、顔色も冴えず青白く瘠《や》せて見えた。

「ご気嫌よう、公親さま。お帰り遊ばせ」

「お手紙と『山雀日記』を拝見させていただきました。暫くお便りも差上げずご免なさい」

「お眼にかかれただけで嬉しゅうございますわ」

藤波さんは、もう涙ぐんでいらっしゃった。

私も涙が出そうになるのを必死で我慢していた。

私はベッドの直ぐ近くまで行って、藤波さんの手を両手で握って差上げた。めっきり瘠せられて骨ばった手が痛々しかった。

「お気分はいかがでいらっしゃいますか」

「お眼にかかれば、気分がすっきり致しました」

「熱表を見ても構いませんか」

「どうかご覧にならないで。容態は一向に変りばえ致しませんので……。

——それより、仙台の修道会の模様をお聞かせくださいませ」

私は骨ばって細い手の甲を両手で温めるように包み込んだまま、仙台の修道会での模様を話して聞かせた。

「公親さまはお客さまでいらっしたのでしょう」

「いゝえ、修道士がすることを一緒にしてきました」

「毎日どういうことをなさいますの」

「朝、午後、夜、明け方の礼拝とご弥撒《ミサ》の他に、お祈りと黙想の時間、共同作業としての労働、それこそ殆ど何やかや仕事を致します」

「公親さまには、ご無理ですわ。おつらかったことでしょう」

「――でもちゃんと致しました」

「どれくらいいらしたの」

「約二週間してから東京に出て、北辻さんのところに二泊して帰ってきました」

そこへ千勢さんが紅茶とマロン・グラッセの包みを持ってきた。

「若奥さま、こちらさまがこれをお土産にくださいました」

「なんでしょう」

「北辻さんが作っているというマロン・グラッセです」

「あら、珍らしいお菓子だこと。私の父がフランスから帰って来る時、必ずおミヤにくださったお菓子ですわ」

「北辻さんのところで作ったもので、おいしいかどうか」

「――でも日本でもできるようになりましたのね」

「北辻のは丹波栗を材料にしているそうです。但し栗の中にリキュールとその香りが残ってないといけないのだそうです。それが技術的に大変むつかしいと申していらっしゃいました」

「そうですわね、リキュールの薫りが残っていないのは、栗きんとんか栗納豆と同じことですものね」

「召し上がってごらんになりますか」

「はい、ご一緒にいただきたいわ」

「コーヒーの方が、よかったのかしら」

「いえ。この紅茶で結構です」

私はマロン・グラッセの銀紙を剥《む》くと、藤波さんに渡してあげた。

「いゝお味だこと。おいしいわ。中心にはちゃんとリキュールの味が残ってますわ。公親さまも召し上がれ」

「有難う。でも東京で充分いたゞきましたので、これは藤波さんへのおみやです」

「有難う。北辻さんと言えば、長男の忠継さんという、オーストリアへハープの勉強に行ってらした方と、私の親戚の娘が近く結婚しますのよ」

「そうでしたか。北辻の家でそのお嬢さんのことは聞きました。とても綺麗なお嬢さまのようですね」

「そうね、親戚の子をほめるのは変ですけれど、確かに美しい娘ですわ」

山雀がときどきチッチッと啼いた。私はこの鳥が啼くのを初めて聞いた。藤波さんの病室へ持ってきたときも、その後訪れたときも、一度も啼いたことはなかった。

違い棚の壁には、私が詠んだ歌と藤波さんが詠んだ歌が、画鋲で留めてあった。少し離れた場所に、藤波さんの別の和歌があった。

　この秋は同じ想いの空を見る
　　ひとのこころは月ぞ知るらむ
　　　　　　　　美也子

私が見る初めてのものであった。恐らく私が仙台へ発った後か、あるいは野尻湖畔から私が帰る少し前に、詠まれたものであろう。

「東京の方にも随分参っておりませんけど大分変ったでしょうね」

「相変らずの賑やかさです。銀座も昔のままでしたが……」

冬の陽は、西側の窓から少し射しているだけで、部屋のなかは寒い。火鉢には洗面器より少し小さめの琺瑯引きのボールが載せてあって、緩やかに湯気を立てている。

時々思い出したように山雀が、苧《お》の実を割る音が聞え、合間にチッチッと啼く。

一箇月近くもお逢いしてなかったので、澤山話すことがありそうに思ったが、こうしてお逢いしてみると、話はあまりなかった。

私は炭籠から新しく炭を継いだ。白くなった燠《おき》灰が脆く崩れて、火の固まりも小さくなっている。炭がおこるにつれて響く小さな音が、寒い部屋にいる私のこころを和やかにする。

世の中の幸福というものは、案外こうした平凡なことの中に、あるのかも知れない。

冬の寒い晩や雪がちらつく夜、自分の部屋に電燈が明るく燈り、愛する人が自分を待っていてくれて、部屋に入ると薬缶のお湯がたぎっている。一見平凡なことの中に、本当の仕合せというのがあるのかも知れない。

「何を考えていらっしゃるの」

「いろいろなこと」

「どんなこと」

「たゞ、漠然と、幸せとはなんなんだろうと。案外こんな平和な平凡の中にあるのかも知れません」

藤波さんは、ふっーと溜意をおつきになり、

「公親さまは、なぜ結婚なさらないの」

「なぜって、別に理由はありません。小さいときから独りきりでしたし、独りきりに馴れております」

「そう。——でも公親さまは寂しい方ね」

「そう見えますか」

「えゝ、痛ましいくらい。良いお嬢さまをお世話しましょうか」

「いゝえ。これまでの生活に充分馴れておりますから」

「公親さまに相応しい方よ。優しく美しい方で、公親さまもきっとお気に召すわ」

「有難う。——でも、一向に気も進みません」

「あら、どうしてでしょう。結婚なさるといいことも楽しいこともございますことよ」

「そうかも知れませんね。——でも、私は人間的なことから喜びを見つけようとは思いません」

藤波さんは再び溜息をつかれ、

「公親さまって、本当に変った方ね」

と呟《つぶや》かれた。

私は彼女と二人きりで、こうして話しているときが一番楽しいし、病気で心細い思いをしているひとを支え、精神的な支えにもなってあげたいと思う。私の恋人にしては年齢が違いすぎるし、私達は一体どういう関係なんだろうと思う。これまで私のことを深く理解し、優しくくしてくれた女性がいただろうか。

いたとしたらおばばさま独りだけだった。

四、五日後、大山崎に藤波さんを訪ねたとき、その顔色から、何かがあったと悟った。
いつもと異なり、ルリは元気がなかったし、苧の実も食べず、止り木の下で丸く蹲《うずくま》っていた。

「様子がちょっとおかしいですね」

「覆《おお》いを取りましたら、あのように飛びもしないし、啼きもしませんの。ものも言わぬ小鳥だけに、かえって哀れで可哀想ですわ」

「小鳥のお醫者さんて、いないんでしょうか。犬や猫なら診断してくれるお醫者もいるでしょうに。飼う前に充分調べればよかったですね。私の不注意でした」

「公親さまの所為《せい》じゃありませんわ」

「もう少し柔らかい、野菜の播餌がよかったのかも知れません。餌にやはり昆虫も必要だったのかも知れません」

「山雀は燕雀目と申しますから、小さな昆虫とか木の実が必要だったのかも知れませんわ。生き物を飼うことは難しいことですのね」

「やはり鳥などは飼わず、自然のままにしておくのが、一番良いのでしょうか」

「そうですわね。鳥は落ちますし、魚はあがりますし……」（註：鳥、魚が死ぬこと）

「生きているものは、總てそうですね」

私は幼い日、水槽で飼っていた目高があがってしまったこと、捕えてもらった蟬や蜻蛉《とんぼ》が籠の中で死んでしまったことを思い出した。

カナリヤを飼ったことがあるが、これも敢えなく落ちてしまったことなどを経験した。

その度に私はよく泣いたので、母は爾後私が生き物を飼うことに反対し、こういうものは總て自然のままにしておくのがよいと、飼うことを禁じてしまわれた。

その代わりに母は私に白粉《おしろい》花や朝顔など、花に興味を向けるように仕向けられたようだった。

私が草花に詳しくなったのには、こうした母からの影響が強かったと思われる。

私は意味もわからぬままに、和歌を暗記させられた。後年、拙《つたな》いながら即興的に言葉を並べて和歌を詠むようになったのは、これまた、母に仕込まれた影響の結果だったかも知れない。

私は翌日、早速小鳥を買った店へ行って尋ねてみた。やはり苧の実と水だけでは駄目だし、声が擦《かす》れてきたら、生き延びるのはむつかしかろうと聞かされて、がっかりした気持になり、取り急ぎ大山崎に急行した。

玄関に入るとお香の薫りが漂っていた。

部屋に入ると、藤波さんは珍らしく黒紋付を召されていた。私は咄嗟《とっさ》にルリが落ちたのだと悟った。

私をご覧になると首を微かに横にお振りになり、眼から見る見るうちに大粒の涙が流れ落ちた。

私は彼女を見て、なんとお美しい顔立ちの方であろうかと思うと共に、私の眼からも涙がこぼれた。私は涙を見られたくないと思い、山雀の籠のところに行った。籠の底にうずくまるように横になり、既に眼を閉じていた。

籠の横には、苧の実と水の入った小さな陶製の器があり、小さなろうそくのお燈明が灯《とも》され、一輪挿に小さな桔梗が挿してあった。私は人間のお葬式同様にルリに合掌して弔った。

あれほどまでに藤波さんが慈《いつく》しみ、病床の無聊を慰めてくれたルリ。小鳥の命は短いものであることを知りながら、藤波さんのところへ来てからふた月も経たぬ内に、敢えなく落ちてしまった。私にはやはり衝撃だった。

幼かった日私は捕《とら》えてもらったヤンマ蜻蛉や蟬が、水や草を一緒に入れてやったのに、暫くすると動かなくなり、死んでしまったことが悲しくて泣いた思い出がある。

命あるものは、必ず死んで行くものであることを聞かされたが、納得がいかずいつまでも泣き悲しんでいた。そんな私を見て、母は公親って本当に感じやすい子供だこと、と漏されたことを憶えている。

「公親さまは、本当に感じやすいお方ね。こころの優しい方だけに心配だわ」

私は黙っていた。私は幼い日よりもう数えきれないほど、生き物の死を見てきたし、祖母や父母といった、一番近い肉親の死さえ味わってきた。死は必然であり、私はどうすることもできないのだ。

相談して、ルリの亡骸《なきがら》を藤波さんと私だけが知っている場所に、ひとに踏まれることのないように埋葬することにした。

藤波さんはピンクの薔薇と緑色の葉を刺繍《ししゅう》したハンカチーフを私に渡されたので、冷たく固くなった山雀の亡骸を出し、ハンカチーフに包み、二人で雑木林の太い櫟《くぬぎ》の下を深く掘り埋めた。この鳥の頭とのどの黒色、額から頸の黄白、背面の地味な灰色が印象に残った。竹藪に埋めると筍の季節に掘り起され、ルリが安眠できないと思い、竹藪は避けた。彼女は一輪挿に挿してあった桔梗と苧の実を一緒に亡骸の横に入れ、私達は土を少しずつ上からかけて埋めてやった。

「ルリも小鳥ですから、果なく落ちましたわ」

藤波さんの眼には涙が溢れた。

涙に潤んだ藤波さんの表情は、雨に濡れた柳のように頼りなく、痛ましく思えた。

第十二章

十二月に入ると、例年より早く冷たい風が京都に吹くようになった。

私は大山崎への病床通いのため、研究室通いも間遠になり、欠席することも多くなってきた。片時の間も藤波さんの病気のことが頭から離れず、気になって仕方がなかったからだ。

美学の研究から遠ざかり、カトリックに徐々にこころが惹かれ、その関係の書籍をよく讀むようになった。こういう私の態度の変化を友人達は、一時的気紛れと思うとともに、折角大学院で始めた研究を捨てるのではないかと、本気になって心配する友人たちもいるようだった。特に勝南井君が心配し始めた。

私が讀んだ宗教書の中で、私を惹きつけたのは、ドン・ルオーデ大修院長の書いた『聖なる委託』である。また、『三位一体のエリザベット童貞の靈的教説』や聖アウグスティヌスの『眞の宗教』なども、私のカトリックへの導きとなったように思われる。

最高善、唯一の必要なものは、神である。

人生には現世的な幸福と不幸とがある。

これらのことは、世人が第一に関心を持ち、何よりも心を労するものであろうが、こうしたことは誤りで、地上のモノは永遠の神という光明に照らしてのみ評価すべきものであろうと思う。

神に帰一すること、神のみこころを現わすことが、最高善であろう。最高善に近づくためには、先ず人間の魂が救済されねばならぬ。

魂の救済は、神を通じてなされるものであり、魂を神に委託せねばならないのである。

私は人間の持つ神に対する原罪と魂の救い——救靈と人間の罪を贖って磔刑《たくけい》に遭ったキリストを通じて示された、深い神の愛と慈悲とを信ずる。恩寵の無限と普遍とを信ずる。

宗教を信じそれに頼ることは、悩みや苦しみから逃れるための逃避というかも知れない。殊に私のように孤独な人間が、宗教に強く惹かれ信ずることは、逃避そのものと思うかも知れない。先祖代々仏教に関係ある環境に身をおいてきた人間は、特に今更改まって宗教といわなくても、根本の生活それ自体が仏教そのものの筈であるし、そうであった。

しかしそれならば、宗教と言っても仏教とは対蹠《たいせき》的なキリスト教に、なぜ惹かれるのか。しかも輪廻転生《りんねてんせい》や因果律を言う仏教に対して、人間が生れながら負わされている原罪、それは洗礼により許されるという考え方や、最も理解しにくい豫定説は、仏教とは全然異なった、言わば正反対の考え方である。それなのに私はなぜ、キリスト教に関心を持つに至ったのだろう。

キリスト教における救いとは、神の豫定説できまっているのだから、どんなに努力して善を積んでも、救われるという保証はない。逆にこの世で悪の権化的存在であっても、神の国に入ると豫定されている者は、この世における善行や悪行とは関係がないのだ。つまり人間は神によって創られた被造物であり、神は絶対的存在であるから、人間のこの世の善行とは関係はなく、神の思し召すままにこの世の悪人であっても、神の国に入ることが許される。つまり最も不公平なことも神のご意志なのである。神によって選ばれたものは、不公平であっても已むを得ぬ。なぜなら人間は神の被造物で、神がお選びになられたことには、一切逆らえないのである。

私は私なりに、天にましますの萬物の創造主であらせられる、神によって選ばれた一人であることを信ずるのである。こんな考え方は私ひとりの自惚《うぬぼ》れかも知れないが、私は「選ばれてあることの恍惚」を体得している。

私は世の凡人とは異なっているという、人間としての自惚れがあるし、神が私をお選びになられたという自覚と誇りが、私の考えの深底にあることを信じて疑わない。今や神が私をご自分の意志のままに、行動するものとして選ばれたのだから、私は自由ではなく神の僕《しもべ》として神のみこころのままに動かねばならない。

私が自分の意志で仙台の修道会に行ったのも、まさにお導きを受けたからであり、誰から勧められた訳でもなく強制されたのでもない。このようなこころの変化も、なぜであるのか、私自身もわからない。

思えば奇《く》しき私のこころの動きであった。

もう私は神から逃れられないのだ。何故か、その理由はわからない。

蜘蛛《くも》の糸にかかったのと同じで、神の御業《みわざ》の一端を行うモノとして、もう身動きできないのだ。神が私を捕えられて離されないのだ。

どうしてこういうことになったのか、説明できないこころの変化だった。私に関する總てのことは、神によって綿密に準備されていたのに違いない。誠に私自身どう考えてみても理解できない、心の動きであった。


京都に今にも雪が降りそうな、曇った寒い日に、阿津子から京都到着を通知する電報を受けた。阿津子はこれまでにも、豫め人の都合も聞かず強引に決定し実行するところがあった。東京から特急「つばめ」で来るとの知らせがあり、私は銀閣寺通から市電に乗り、京都駅で入場券を買って汽車の到着するホームへ向かった。

私は駅で人を出迎えた経験はなかった。まして女性を、それも若い女性を迎えるために駅のホームなどへ入った経験はなかった。

冷たい風がホームに吹くと、寒さが一層嚴しく感じられ、外套の襟を立てた。

寒空に鳩の一群が飛んでいたが、逸《はぐ》れ鳩数羽が、プラットフォームをよちよち歩きながら餌らしいものを啄《ついば》んでいた。

東京を発つとき、阿津子がそのうちに京都に行くわと言っていたが、私はそれを若い女の気紛れぐらいにしか考えていなかった。

本当に来るとは思いもしなかったので、電報を受けたとき、一体なんの用事で来るのだろうと思ったし、私には豫想もできなかった。

京都見物なら紅葉の季節には既に遅すぎるし、暮にかけて特に見物するような行事もない筈だった。

定刻に汽車が着くと、阿津子は二等車から降りてきた。ミンクの帽子と外套とを身に着け、洒落《しゃれ》た婦人用の中型スーツケースを持っていた。やはりどことなく垢抜けた容姿は、際立って目立ったし、マフラーもフランスのものらしく、如何にも上流社会の令嬢だった。

「いらっしゃい」

「約束どおり来たわ。――仕事の関係もあって、東京を離れるとなるといろいろ用事が出てくるものなのね」

「そうだろうね。仕事があるということはいいことだよ。――仕事は順調に行ってるのでしょう」

「まあまあね。宮坂のおばさまの古美術品とか、骨董品のようには、勿論参りませんけど」

私は彼女のスーツケースを持ってあげると駅前にいるヤサカ自動車のハイヤーに乗り、北辻家が京都で定宿にしている三条御池にある旅館に向った。

「やはり、京都は東京と違っていいわね」

「阿津子さんでもそう思いますか」

「チカちゃん、阿津子さんと呼ぶのをやめてよ、他人行儀だわ。阿津子と呼び捨てでいいのよ。昔は私を呼び捨てていたのに」

「いや、ちょっと呼び捨てにはできない。じゃアッチャンと呼ぶことにしよう」

車は烏丸通を眞直ぐ走り、三条御池通に近い旅館に着いた。

仲居さんに案内された部屋は、奥まった庭に面した部屋だった。北辻家が京都でよく泊る定宿らしく、奥まった最上の部屋だった。

もう寒いので炬燵が準備されていた。熱いお茶が運ばれた。

「今の京都は紅葉には遅いし、目立った行事もないけど、あっちゃんの希望は何かありますか」

「京都には今まで何回か来たけど、この機会にまだ行っていない三十三間堂とか六波羅蜜寺《ろくはらみつじ》、眞如堂とか法然院、それにチカちゃんの出身校の京都大学などに行ってみたいの。また河原町通等、雑踏《ざっとう》を歩きたいわ」

「ほう、実に盛り澤山だけど面白い考え方だね。早速明日から案内しよう」

「有難う」

「ところで京都で食べたいもの、何かありますか」

「そうね。代表的京都の料理とかいう芋棒《いもぼう》や身欠き鰊を使った鰊蕎麥。上等な京料理というのは澤山あるらしいけど、わたくしは京のおばんざいがいたゞきたいわ」

「すっぽん料理や鰻雑炊のおいしいのもあるらしいよ」

「わたくしは、ごく平凡な食べものがいいの。例えば蒸しずしとかブブ漬とか。わたくしの家はご承知のように貧乏武家でしたの。昔から贅沢な食べ物をいただいたこともないし、粗食にも馴れていますの」

「それにしてはcanard《カナール》 à《ア》 l'orange《ロランジュ》（オレンジジュース煮込み鴨）とかsoufflé《スーフレ》（卵を主体にしたふっくらと焼いたデザート菓子）などという洒落たフランス料理も、お召し上がりになりますがね」

「チカちゃんの意地悪。相変らずの貧乏暮しで一年に一回ぐらいだけ必死の思いでいただきますのよ。チカちゃんのお宅のようにおカネはございませんの。それはそうとして、四条河原町付近へ行ってみません」

「じゃ散歩しますか」

「参りましょう」

玄関に出ると靴脱ぎ石の上に、二人の履物が並べられていた。

至れり盡せりの気配《きくば》りで仲居さんのもてなしも行き届いていた。

「明日から希望の場所に行くとして、今からどこに行きたいですか」

「舞妓さんがよく歩くという場所へ」

「では先斗《ぽんと》町へでも行きますか」

私達は夕方から歌舞練場から先斗町へ歩いた。

道幅の狭い石畳の両側に、お茶屋が立並び、ところどころに小料理屋があり、また狭い露路に通り抜けがあり、そこにも狭い硝子戸や格子のある小料理屋があった。

お座敷にこれから出掛けるらしい、コッポリ下駄、ダラリの帯の二、三人連れの舞妓達と行きちがった。

「ここに来ると、やはり京都らしいわ。東京にはない雰囲気よ。それに舞妓さんは、まだあどけない娘らしく可愛いわね」

「彼女らの芸ごとも大変らしいよ。行儀、躾も厳しいらしいしね」

「そうらしいわね。近頃日本の女性は、お行儀が悪くなってきていると言うわね。少しずつ、世の中が変ってきたのかしら。このわたくしも、大正末期の十三年頃に勇名を馳せたモボ・モガの子孫ぐらいかしらね」

「いや、あっちゃんは、まだ大丈夫だよ」

「わたくしは、はっきりしすぎているらしいわね。武家の出《で》の父の性格を一番強く受継いだのは、私かも知れなくってよ。

——でもわたくしも女でございますもの。しおらしいところもございますのよ」

「知ってますよ。淑《しと》やかさもあるし——」

「有難う。だからチカちゃんは好きよ」

お茶屋が両側に立ち並ぶ先斗町から河原町四条に出ると、旅行客の群で混雑していた。四条大橋を渡って八坂神社の方へ歩くと、珍らしい小物を賣る店屋があり、ウインドウ・ショッピング等の人達で賑わっていた。

八坂神社の山門前で、向いの南側に渡り、祇園《ぎおん》から南座の前を通って四條大橋に戻り、高島屋角から新京極を通ることも考えたが、雑駁とした平凡な通りなので、河原町通を上り、カトリック教会脇の京都ホテルのロビーでコーヒーを飲んで休むことにした。

「阿津子が京都に来たのはね、今、結婚を申込まれてどうしようかと迷っているところなの」

「いい相手だったら賛成だね、ともかくお目出度う」

「そう簡單に決めつけないでよ」

「この話は宮坂のおばさまのところで、ちょっと耳にしたけど、相手はそのひと」

「地獄耳ね、チカちゃんは。聞いていたの」

「いや聽えてきたからさ」

「そうなの、阿津子は気が向かないの」

「それじゃ、仕方ないじゃない」

「——でも相手は、実にしつこく申込むのよ」

「結構じゃありませんか。望まれることはあっちゃんが相手に対して優位にあるということだよ」

「それはわかっているわ。——でももう一つピーンとくるものがないのよ」

「望まれる立場にあって、お嫁に行く方が無難だよ。——じゃ、あっちゃんに聞くけど、虫酸《むしず》が走るほど嫌な相手かな」

「私肥った男って嫌なの。なんとなく生理的に嫌なの。大嫌いなの。えっ、焦《じ》れったいわ。わからないの、このいらいらした気持。お酒を飲みたいわ、旅館に帰って夕食でも始めましょうよ」

私達はロビーを出ると、阿津子の泊る宿に帰った。先程の係らしい仲居さんが玄関で鄭重に迎え、部屋まで案内してくれた。

「お嬢さま。お風呂になさいますか」

「そうね。そうしようかしら。さっと入ってきますから、チカちゃん待っててね」

「どうぞ、ごゆっくり」

私は炬燵に入った。日本間はこういう場合、不便である。夫婦でない限り、一間《ひとま》に一緒にいると、女性は男の前で洋服を脱ぎ、下着だけで着替えがしにくいのだ。

「あっちゃん、着替える間は外に出ているよ」

「チカちゃんなら居てもいいわ」

「そういう訳にはいかないよ。やっぱり」

私は彼女が着替えをする間、トイレットに立った。一間の部屋ではホテルのように隠れ場もないし、一時的に身を隠すトイレットも、浴室もない。従って男女が日本間に一緒に入ること自体、お互いに相手の眼を気にしなくてもよいとの暗黙の了解があるためか、それとも異性同士が座敷なり部屋に入ることは、お互いに相手を意識しなくともよいということをお互いに認め合うことだろうか。

若しそうなら、私は阿津子の泊る部屋に来るべきではなかったかも知れないし、こういう個人の私室のようなところで、食事をともにすべきではないのだろう。女性に対する男の慎しみとして。

夕食は私がレストランに招待すべきだったろうし、阿津子の旅館の部屋に来るべきではなかったのだ。

彼女が風呂から上ってきたのを期に、用事があるのを思い出したと言って、立ち去ろうと思った。こうすることが、如何に遠慮のない相手であっても、相手が女性なら少なくとも守らねばならない礼儀の筈である。

私は炬燵の中で、この場を立ち去る理由を考えていた。

「チカちゃんを待たせると悪いので、鴉の行水だったわ」

お湯上りの匂いとともに部屋に帰ってきた。

「あっちゃんね。急ぎの用事を思い出したので、残念ながら食事はまたにしよう」

阿津子は驚いて、

「いいから、ここにいらっしゃい」

と命令口調になった。私の母親そっくりだった。

「今晩中に渡さねばならない原稿があることを忘れていたよ」

「今さらそんなこと言ったたって駄目よ。嘘だと顔に書いてあるわ」

「いや、本当なんだ」

「逃げないで、チカちゃん、お願い」

「逃げるのじゃないよ。本当なんだ」

「じゃあ、食事だけはして帰りなさいな」

私は弱ったことになったと思った。ホテルでお茶を飲んでいるときに、夕食には私が招待すると言うべきだったのだ。

「旅館の方でも、食事二人分の用意をしているわよ。折角ゆっくりお話ししようと思って京都に来たんだから、わたくしの身にもなってよ」

阿津子は私を食事にひきとめ、私の逃げ腰を見抜いていた。本能的な女性の勘《かん》だった。

鏡台の前で阿津子は入念に化粧し、見違えるほど美しく、艶《なまめ》かしくなってきた。

鏡台を離れると私の入っている炬燵の直ぐ横に入ってきた。化粧の脂粉と女の匂いがした。

二人の仲居さんが、炬燵の上のテーブル台に、料理を並べ始めた。美味しそうな料理に私は空腹を覚えた。

若い恋人同士と見たのか、仲居はタイムリーに阿津子に、

「では、ここはよろしくお願い致します」

と気をきかせるように言うと退出した。

「じゃ、チカちゃん。お酒をどうぞ」

「有難う」

次いで私が徳利を取り彼女の盃に酒を注いだ。二人で杯を合せ呑み乾してから、阿津子は、私に尋ねた。

「前からチカちゃんの気持を確かめようと思っていたのだけれど、チカちゃんはわたくしのことどう思っているの」

いきなり短兵急に切り込んできた。

「北辻の妹だし綺麗になったと思ったよ」

「そんなの嫌。どう思っているかということは、私のことが好きか嫌いかということよ」

「勿論、好きだよ。幼馴染だものね」

「そんなの嫌。私を一人の女性として好きか嫌いかということよ」

「そんなこと急に言われても困るよ」

「好きじゃないの」

「好きだよ」

「——じゃ、チカちゃんのお嫁にして」

女性はどうも感情が主で論理に飛躍がある。

「僕の今後の仕事のこともあるし、お互いに長い人生をどのように暮すかということも含めて、充分に考えてみなければね……」

彼女は私の話を聴きながら、私の返事が気に入らないと、續けざまに酒を煽った。

「そんなに飲んで大丈夫なのかな。酔っぱらうよ」

「酔っぱらうために飲んでるのよ。

——公親はわたくしの気持全然わかっていないわ。わたくしがどんなに悩み苦しんでいるか。そのために京都に来たのよ」

既に五合の日本酒を殆ど独りで飲んでいた。酒に強い飲みっぷりは父譲りらしかったが……。彼女は確かに酔ったらしく眼が坐ってきた。

「酔ったの」

「——らしいわ」

阿津子はいきなり丹前の胸元を荒々しく披いた。はだけた寝間着から円くこんもりした乳房があらわれた。一瞬私は怯《ひる》んだ。

「公親、おっぱいを吸って」

彼女はこんもりと盛りあがった、瑞々しい果物のような乳房を私にさらけ出した。

「阿津子の總てをあげるわ。私を奪って、お願い、一度だけの契《ちぎ》りでもいいの」

私は眩惑を感じ、頭がくらくらした。

「如何になんでも、そんなことできないよ」

「どうして、嫌な男に奪われるくらいならチカちゃんに躰をあげたいの」

私は冷静を保とうと努力した。

「今夜は私を目茶苦茶にしてちょうだい」

阿津子は取乱したように、私の唇に乳首を押しつけてきた。これを吸ったら駄目になる。

彼女は乳房を私に含ませようと、後頭部を押しつけて、乳首を私の口に含ませようとしながら、私が抱きやすいように、躰を横たえてきた。

脂粉が私の理性を酔わせ始めた。

そのとき、一閃《せん》、「汝、姦淫するなかれ」という聖書の言葉が頭に浮んだ。

私は阿津子の躰を強くはね返すと、呼鈴《よびりん》を強く押した。すぐに仲居さんが現われた。

「酔ったようだから寝かしてあげてください」

と言うと、阿津子は恨めしそうに私を睨みつけると、私の腿《もも》を思いっきり強く抓《つね》った。

「公親の意気地なし」

「ごめん。明日またどこかへ行こうね」

と言うと、私は逃げるように部屋から出て玄関へ急いだ。

仲居さんは、その場の空気がわからないらしかった。

「あんさん、泊らはるのと違うんどすか」

「いや。今夜は急用があるし、こうしておれないのだ。よろしゅうあの姫《ひい》さんを寝《やす》ませてやってください」

「へえへえ、すぐ床をのべてお寝《やす》ませ致します」

一瞬私の脳裏に藤波さんの顔が浮んだ。

本当に危険なところだった。あのままだったら、私は若い女の魅力と誘惑に負けて、あのまま阿津子を抱いてしまうことになったかも知れなかった。昂奮は理性を曇らせるからだ。

阿津子が私を東京から訪ねてきたのには、彼女の精一杯の目的があったのだ。そして私は阿津子を妻にすることにならざるを得なかったに違いない。

假令そういうことになったとしても、北辻の両親は娘の不始末とは見ず、寧ろ喜んだかも知れない。

もし私が藤波さんと結ばれてなかったとしたら、阿津子の捨身の誘惑に負けて、あの状態で男女の関係になっていたかも知れない。

阿津子が私を抓って「意気地なし」と言った言葉と表情が、頭の中で渦まいていた。

翌日阿津子の朝食が終る頃を見計らって、十時過ぎに旅館に行くと、昨夜の仲居さんが出てきて、

「北辻のお姫《ひい》はんは、今朝東京へ帰らはるとお言いやして、駅へ行かはりましたえ」

と言われた。

私は後味のすっきりしない別れ方をしたが、これでよかったのだと思った。

一週間ほどして阿津子から手紙が届いた。

京都駅への出迎えのお礼を述べた後、先斗町から八坂神社、祇園から四条河原町への散歩が楽しかったと書いた後で、公親さんは男性としては稀に見る身持ちの固い人で、公達《きんだち》の流れを汲む人にしては珍らしい方だと思う。光源氏の例もあり、愛の喜びに対してもう少し素直に身を処してもよいのではないか。

私はそのつもりで、気に染まぬ嫁入なら、仮初《かりそめ》の契りでもよいからと京都に上《のぼ》りましたのに、背の君はお近付きすらされないとは、今どき珍らしい殿御でいらっしゃることと、冷やかしではなく、本当に珍らしい身のお固い方と思ったと書いてあった。

自分としては気に染まぬ結婚に迫られて、已むに已まれぬ気持から公親さんに逢いたくなって京都へ行ったのに、期待が外れ、思いが拒絶され恨めしかったと、口惜しさとも恨み事ともとれる言葉が書かれていた。

自分の逸《はや》る気持から醜態を演じたことを恥しく思うと述べた後で、今の世では許されないことかも知れぬが、もう少し光源氏的になってもよいのではないかと、私の女性に対するけしかけとも取れることが書いてあった。確か奈良では私の縁談話で、叔母が同じようなことを言ったことを想い出した。

阿津子は、東京での縁談はきっぱり断ったこと、当分独身のまま今の仕事を續けること、行く行くはファッション関係の仕事につきたいし、フランスに行くつもりだとも書いた後に、今後とも自分の相談相手であってほしいとの希望が書き添えられていた。

私は男女の関係というものは、如何にむつかしいものであるかがわかったような気がした。しかし、私は小さいときから嚴格な母の監督下に育てられてきたためか、母の言うとおりに動くことが、一番間違いが少なく、命じられるままに行動すれば、なんとなく總てが大過なく進むので、一般に女性の言うことに素直に従えばよいのだと思うようになった。

私の場合、積極的に自分の思い通りに女性を引っ張らず、逆に高い品格と優しさで私を包み込み、影のように寄り添って励ましてくれるような女性が、一番自分に相応《ふさわ》しい相手のように思われる。

勿論、美しく好みに合った女性でなければならないが。

第十三章

藤波さんの病気は、第二回目の喀血後一向に思わしくなく、寧ろ悪化しているようであった。修学院道の家から、三日に一遍はお母上が来られて、一日中病床に附添われ、夜になると帰っていかれているようだった。

自宅の方をそのまま長く不在にしておく訳にもいかず、知合いのご婦人に留守を頼んでおられるらしかった。藤波さんが大山崎に行かれているので、今の場合こうするしかなかったのだ。母と娘二人きりの暮しでは、今の場合本宅をそのままにして、毎日病床に附きっきりという訳にはいかないので、寧ろ入院することが望ましいと言われた。

私はこのような事情を察して、私も努めてお母上の代りに御見舞すると申上げた。

幸い私は大学院生であり、毎日講義に出る必要もないし、研究室で研究している身であってみれば、時間は比較的自由であった。

私は三日に一遍は必ず御見舞に行くことにしていた。母上も私に迷惑をかけてもいけないと思われてか、

「どこかいい病院に入院してくれればよいと思うのですけれど、なんですか同じような病人の

いるところは、どうしても嫌だとわがままを通しますの」

「私も病状によって適当に対処できる病院の方がいいと思いますが」

「そうでしょう。公親さまからも入院するようにお勧め願いとう存じます。この婆《ばあ》より公親さまの仰しゃることなら素直に聞くと思いますので……」

醫者でない私は、病状が急変するようなことになった場合、対処する術《すべ》も力もないので、私も入院される方がよいと思った。折を見て藤波さんにそのことを話してみようと思った。

窓をゴトゴトと鳴らす北風の音を聞きながら、私はこころ細くなり、息を潜めて藤波さんの顔を見守る日が多くなった。

時々ほんのちょっと假寝《まどろ》まれ、眼を開けたところに私が居ると、嬉しそうに弱々しく微笑《ほほえ》まれ、私がそばに居ることに安心されると、再び軽い寝息を立てられた。

そして毎日こうして枕元近くにいると、何も仰しゃらなくても、藤波さんの表情だけで大体の気持がわかるようになり、私がそばにいて困るのを察すると、直ぐに千勢さんを呼んで部屋の外に出た。

私は藤波さんの気分の良さそうな日を選んで、入院のことを勧めてみた。

「実は公親さまにご迷惑ばかりお掛けしていてはと思っておりましたの」

「私は一向に構いませんし、迷惑でもありません」

「――でも病人相手じゃ、公親さまがお可哀想だわ」

「私はおそばでこうして、看病して差上げるだけのことしかできませんけれど」

藤波さんは眼から大粒の涙をはらはらと流され、やがて嗚咽に変った。

私は幼い子をあやすように、背中を軽く敲《たた》いてあげた。

「わたくしが、あなたより後に生まれていれば、理想的なお方との出合いでしたのに。ひとの世は本当に皮肉なものですわ。公親さまなら、どんなにょしょうでも、こころを開きお慕い致しますわ」

「いいえ、とてもそんな才覚はございませんし、気持もございません」

「本当に憎らしいお方。おつむからガリガリ食べてしまいたいくらいですわ」

「――どうぞ、お手やわらかに。それより焦らずご養生くださいませ」

「わたくし、なぜこんな病気になってしまったのでしょう。

病気のことは、このわたくしが一番よく存じています。もういけないことはわかってますわ。ですからどこにも入院しないで、公親さまに看取っていたゞいて、この世を去りたいと願っております」

「――どうぞ、そんなこころ細い悲しいことは仰しゃらないでください」

新聞によれば日米関係が徐々に悪化しつつあった。日本軍の仏印進駐により米国は態度を一挙に硬化させ、戰争の危険が増す情勢になりつつあった。

正月は藤波さんの病床で、二人きりでお正月のお祝をした。私は京都岡崎の料亭に頼んで正式のお節《せち》料理を作ってもらい、蒔絵《まきえ》の重箱に入れ持参し、先ずお屠蘇でお祝いをした。

重箱には特に頼んで、わが家でも必ず用意していたお節料理に、慣例だった棒鱈も準備してもらった。

「公親さまは、何から何までよく気がお付きですこと。わが家でも棒鱈料理はお節料理には、欠かせないものでした。蒲鉾《かまぼこ》、伊達巻《だてまき》、黒豆、田作《ごまめ》、慈姑《くわい》、菊芋、蓮根等々がございました」

「わが家では黒豆には勝栗を一緒に煮ていました。八つ頭か菊芋、慈姑、田作もありました」

「わたくし宅では黒豆には革石蚕《ちょろぎ》を入れました。縁起物なんでしょうね。いろいろございますお節料理は、三日もいたゞくと飽きがきますが、特に薄味の棒鱈は、おいしくはございませんが、縁起物でやはりなくてはならないものでございましたし、お正月気分になったものでございます」

「近頃では若い人の食べ物の好みも変ってきているようです。しかし正月ぐらいは、年も改まるのですから昔風の慣習《ならわし》を残したいものです。

召し上れそうなものだけでも召し上れ」

「有難う。公親さま」

直ぐに涙ぐまれた。

「公親と呼び捨てになさってください」

藤波さんは黒豆を二、三粒口にされ、よく噛んでから、

「公親の君。わたしが噛み噛みしたものを召し上れ」

とよく噛んだ黒豆を口移しにしてくださった。噛み砕かれた甘い黒豆が、藤波さんの舌から私の舌に移された。私は切ない思いに胸が塞がれ、涙が出てきた。

彼女が健康な普通の躰だったのなら、躊躇なく私は愛欲に溺れていったことであろう。

私はたぎる熱い思いを鎮めるため、簞笥の上の硯箱をもってきて、墨を磨り始めた。

「お歌をお詠みになられますか」

「はい。お正月ですから」

なぜ、私は愛の極致として、この場合私を受入れる準備すらなさっているのに違いない、藤波さんのお気持を汲むべきではないと思った。私は彼女の気持を充分に汲んではいたが、快楽というものは安逸に流れがちであり、快楽の達成が容易になれば、兎角人間は淫することになろう。私は幼い日から感情や欲望を制御することを喧しく言われてきたので、今でも余程のことでないと気持を表に出さないようになっていた。

墨を磨り終えてから、筆をしめし歌を詠んでみた。私としては本心を詠めなかった。

私の偽らない今の気持を歌によんだら、間違いなく深みに落ちることはわかっていた。

藤波さんは快方に向かう希望がなくなりつつある現在、女性としての生命を燃焼して私との愛欲の喜びを味わい盡くして、死ぬことを望んでおられるのかも知れないと思った。

しかし、尊敬を抱いてきた藤波さんに対して、私は絶対にしてはならないことだった。

まさしく愛《いと》しい姉であり、母に類似したひとだったからである。

雪消えて　草萌《くさも》え生《い》ずる　春の野を
君と歩まむ　飛火野《とびひの》の里《さと》

公親

この歌をお見せすると、藤波さまは、

「もしも運よく生き永らえるのでしたら公親さまとあの飛火野を歩きとうございますわ」

と涙声で呟くように言われた。

二月に入ってから殊に、大山崎の寒さは身に沁みた。私が心配していたことは、脈搏《みゃくはく》が下がるのに反比例して、熱が高くなった。私の讀んだ知識では、いわゆる「死の十字架」の徴候が現われてきたことだった。

私は、終日枕辺で病床に附添って差上げた。

窓を鳴らす北風の音を聞きながら、寂しい悲しい気持に心細くなり、息を潜めて病人の顔を見守る日が多かった。

部屋の空気が冷たくなり過ぎないように気を付けて、火鉢に水を入れた洗面器を置いて、絶えず湯気が立つように気を配った。

そして時たま、炭火で中毒しないように、窓を開け新鮮な空気と入れ替えたりした。

藤波さんの気分が優れないときは、終電車の時間ぎりぎりまで、病床に居て看病を續けた。私もいつしかベッドに凭《もた》れて、假寝《うたたね》していることもあった。そんなとき、藤波さんは私の手に頰にあてて、ご自分も安らかに眠っているようだった。

食欲もすっかりなくし、半熟卵とスープ、それに塩気のない重湯しか召し上らないようになった。私は榮養物は無理にでも与えようとした。思えば祖母が亡くなりお葬式に参列してくださったときから、健康を害しておられたのに違いなかった。初めてお逢いしたときから青白く、弱々しく思われたのは、その所為《せい》かも知れなかった。

あのときからまだ余り月日も経っていなかった。まるで嘘のように病身になってしまわれた。

「大学でのご研究もおありでしょうに。──わたくしのためにお勉強の時間まで、お取りしてしまって申訳ありません」

「もう何もお考えになりませんように」

「でも……」

と言われてから、唇を私の頰に当て接吻された。私もそれに答えて唇を近づけた。温かい濡れた舌と舌とが絡み合ったが、今度は病気が移るから駄目とは言われなかった。陶酔したように必死になって、總てを舌に集中して、両腕を私に巻きつけ、全身全霊を私に捧げているようであった。

「總てを公親さまに差し上げますので、私をどうなさってもよろしいのよ。――でないと、あまりにあなたがお可哀想だわ」

しかし、藤波さんと初めて結ばれたときのように、お互いに愛し合う気持は充分であっても、私には痛ましくて何もできなかった。

私が唇を離すと、それ以上のことを求めるように、眼が烈しく燃えていた。

「藤波さんの黴菌を全部、私が吸い取ってあげましょう。私に向かって吐き出しなさいませ」

藤波さんの両眼から大粒の涙が、次から次へと溢れ出してきた。私はそれを拭いてあげた。

再び唇を合わせた。ぐったりとベッドに仰向《あおむ》けになられ、呟くように、

「わたくしの命は、三、四月頃だろうと思っていますの」

「また、そんなことを仰しゃる。よくなることをお考えになってください」

「――でも、わたくしには病状が、よくわかっておりますわ。わたくしが死ぬ日は、雪の静かに降る夜を希望しておりましたが、これぱかりはどうにもなりませんわね」

と寂しそうに微笑《ほほえ》まれた。

私は藤波さんをどのように励まし、慰めたら良いのかわからなかった。

現在の私には彼女の心の平安を願うしかなかった。

藤波さんの死という不吉な影を消しても消しても、私の脳裡に浮んできて消えなかった。

「今でしたら、わたくしは仕合せのまま、死ねそうな気がしますわ」

と弱々しい微笑を向けられた。私はそれに微笑み返すことができなくて、顔が強張《こわ》ってしまい、つい俯《うつむ》いてしまった。涙が溢れた。

「もうちょっと、そばにいらっして」

私はベッドに近寄り、手を握り締めて励ましてあげるしかなかった。

しかし私は我慢できなくなって、藤波さんの手に顔を伏せて泣いてしまった。

私が今まで味わった悲しみの中で、一番悲しい涙であった。

「――わたくし、とても幸せですわ。今までこんな幸せを味わったことなかったわ。公親さまのおかげなのよ。

――ね、そばにいらっしてみ顔をお見せになって」

藤波さんは、躰を私の方に捩じ曲げられ、私の頭を静かに撫《な》でられながら、

「公親さまとは不思議なご縁でしたわね。あの世で、今度あなたより若い娘としてお待ちしてますわ。屹度あなたのお嫁さんにしてくださいませね」

藤波さんはそっと私の顔を支えあげて、じっと私の顔を見ていたが、眼から大粒の涙が一杯溢れ、堰《せき》を切って溢れ流れるように零《こぼ》れ落ちた。

「み顔をもっと近くでお見せになって」

彼女は私の左頬に軽く接吻されてから、

「なんて純なお方」

と言ってから憑《つ》きものに憑かれたように話し始めた。

「公親さまの尊いお胤《たね》を宿しとうございました。堅く温かい根から降臨してくる生命の素《もと》を、私の大地で大切にお育てしたいと思い続けて参りました。その機会が充分でなかったことが、悔まれてなりません。

――今のこの躰では、もう無理でございます」

冬の日射しは午前中少し窓から射し込むと、直ぐ影になり、夕方近くになって残光が射すのも束の間、夕闇が迫ってくる。

時は静かに流れ、十日余が過ぎた。

果物のジュースとスープ、それに重湯を口にされるだけで、食欲は殆どなかった。

小鳥の食事とも言える僅かなものしか口にしないので、衰弱は加わる一方だった。

お母上も栄養補給のためどうにかせねばと心配されたが、藤波さんは、

「お母さま、もう無駄ですわ、わたくしこのままでよろしいの」

と仰しゃるばかりだった。恰も死を豫見し、死の近づくのを静かに待っておられるようだっ

た。

私は連日の看病に疲れていたとみえて、七時過ぎた頃、火鉢に凭《もた》れて居眠りをしていた。突然何かの声に起こされ、はっとして眼を覚した。時計はやっと九時を少し廻ったところであった。藤波さんが寝言を言われたのだと思った。

電燈は明るく点《とも》されたままであった。私は毎夜するように、風呂敷で電燈を蔽《おお》い、光が直接顔に当らないようにして差し上げた。

火鉢の火も白い灰になっているので、新しく炭を継ぎ足した。冬の夜の寒さがシンシンと感じられた。階下の千勢さんも眠っているらしかった。

「まあ、綺麗だこと。花が一杯咲いてるわ。ここはどこ……」

藤波さんが、こう仰しゃったので、私はぎくっとして、彼女の方を見ると明らかに独り言を呟いていた。

「白い花、こちらは赤と紫の花が一杯。素晴しいわ。私の好きな紫色の花があるわ」

続けざまに言われた。それから何も仰しゃらない。何か夢を見ていらっしゃるのに違いない。あたりはひっそりとしていて、物音一つしない。それだけに呟《つぶや》きは不気味に聞こえた。

暫くすると、「ウウウ」と呻き始められた。

「どうなさいました」

と私は尋ねたが、お返事がなくひどく苦しそうであった。私は咄嗟に階下に飛び下りて、千勢さんに醫者に電話するように命じた。

「すぐお醫者さんが来ますからね」

と勇気付けた。

彼女は口をもぐもぐされ、何か言おうとしていらっしゃったが、言葉にはならなかった。

私は手をとって勇気付けるとともに、千勢さんに修学院の母上に急を告げるよう命じた。

藤波さんに、直ぐお醫者が来ること、お母さまも来てくださるので元気を出すようにと、耳元で幾度も繰返し續けた。

しかし、彼女の眼はもう光を失ないかけていた。山の辺に靜かにたゆたっている太陽の残光が、除々に沈むにつれて薄れて行くようであった。

もう口をきくことも、おできにならないのだ。そして手を私の方にお出しになるので、私はその手を握って差し上げた。

こころもち微笑《ほほえ》まれたようであった。私は藤波さんの微笑は、私がこれまでお逢いした日々の中で一番美しく、忘れえない微笑だった。もしこのまま、逝ってしまわれたら、もう再び見ることのできないものかと思うと、流石に胸が詰った。

彼女に私は微笑みかえそうとしたが、涙が次から次へと溢れるばかりであった。

藤波さんの眼は、じっと私に注がれたままで、何か仰しゃりたいのだろうが、言葉には出ず、唇をかすかに動かされたようだったので、私は耳を口元に寄せた。

「有難う」と言っておられたようだった。

私は藤波さんの頰に唇をよせて、軽く接吻をしてあげた。彼女の眼はじっと私を見ていた。僅かに表情をもっていた眼は静止し、私に注がれたままであった。

大山崎からお醫者が着いたときは既に遅かった。醫者が型どおり脈を取ったが、こと切れていた。眼が見開かれたまま私を見詰めていらっしたので、手で静かに瞼を閉じて差上げた。


時間は三月十二日午後十時三分だった。

白い布で顔を蔽ってあげると傍らに附添った。

お母様が取るものも取り敢えず、お着きになられたのは、翌朝早くだった。

私をご覧になると、總てをお察しになり、その場にへなへなと倒れるように崩れ坐り、お泣きになった。私はお母様の手をとって、かかえ支えながらベッドまでおつれした。顔の白布をとって、

「美也子、美也子、ごめんなさい。間に合わなくて」

と言われると、両眼から大粒の涙がこぼれ藤波さんの頰に流れ落ちた。あとは嗚咽に変わり

両肩が震え揺れた。

頑に入院を断られ、この大山崎の地で、一生を終えられたが、最期を看取ったのは、私だけだった。

私は藤波さんの臨終のときの模様を詳しくお母様に申しあげた。

「美也子も公親さまに、最後をお看取りいただいて、誰よりも一番倖《しあわ》せなひとでした。有難う、公親さま。誰もあなたのように眞ごころを込めて、看病してくださるお方はいらっしゃいませんでした。

本当に、人生の良きお出合いでしたのに。美也子があなたより後に生れ、もしご夫婦になれたのでしたら、どんなにか幸せだったことでしょう。世の中とは本当に皮肉なものでございます」

母上とされても、ご自分の悲しみを誰憚《だれはば》かることなくお泣きになりたいお気持なのであろうが、控え目な慎みからじっと堪えておられることが、私にはよくわかった。そのことが特に痛ましく思えてならなかった。

三月十二日、この日は私にとって忘れることのできない日となった。

ひとの死は、なんとなく港の船出のときに味わう気分と似ているように思えてならない。

一度死の世界に船出する船に乗ったら、もう再びこの世に帰ることがないのだ。

誰もこの船に乗るのを引止めることはできないのだ。悲哀の餘韻を残すこの船に、生きている者はいつかは乗船せねばならないのだ。

藤波美也子さんの亡骸《なきがら》を一度修学院へ移し、そこでお葬式をすることにして、その夜はお母様と私の二人でお通夜をすることにしたが、美也子さんの同級生で、家主の九十九《つくも》さんも加わって、三人でしめやかなお通夜になった。

藤波さんは自分の死を豫測するように、三月にはこの世を去るでしょうと言われたが、せめて冬ではなく、春めいた日にでも、旅立てればよいものをと悔やまれた。

思えば藤波さんとは、実に短いお付合いだった。私の祖母が亡くなられてから、まだ二年も経っていないのに、あまりに齢の違うお姉さんで、私にはかけがえのない恋人とも言える藤波さんも、私を残して永久に帰ってこない世界へ旅発っていかれた。

信じられないし、信じたくもない人の死に就いて、残された私はどう生きて行けばよいのかと考えてみた。

神にお仕えし、永遠の命とは何かをもう少し考え、追究してみたいと思った。

お葬式の日、私は修学院のお宅に出掛けた。

親戚の方々や友人知人達が、大勢来ておられるようだったが、私は人前には出て行きたくなかったし、私と藤波さんとのことも知られたくなかった。

お母様は、遠くから私の居るのを認められて、走るようにそばに来られると、二階の部屋に私を連れて行かれ、隅の部屋に私を押込むように招じ入れると、襖《ふすま》を閉められ堰《せき》を切ったように、思いきりお泣きになった。

この部屋は藤波さんの私室で、大山崎に移り住まれるまでずっと過されていたので、生活の跡がそのまま生々しく残っていて、妙に寂しく身に沁みて悲しかった。

カレンダーは七月のところで切り取られ、八月、私の野尻湖からの手紙を受取った日が赤丸で印《しる》してあった。

生きて元気な姿で再びこの部屋に帰られることもなく、永遠の旅に立っていかれたのだ。

私の胸は張り裂けんばかりの苦しみで、涙が次から次へと、止処《とめど》なく流れた。

「お焼香がやがて始まりますが、公親さまはどうなさいますか」

「勝手を申しますが、この部屋で、独りで故人を偲びとう存じます」

「そうなさいませ。美也子がきっと喜びますわ」

焼香が始まったらしく、僧の讀経が聴えてきた。

「なぜ、あなたは私独りおいて旅立たれたのですか。美也子さま」

私はひたすら彼女の瞑福を祈り續けた。

第十四章

私のこころの支えであり、こよなくお慕いしていた藤波さんが亡くなられてから、私はどうしようかと思った。

あらゆることを忘れ、只管に何事からも逃避したかった。

私の知らないヨーロッパのどこかの国へ行ってしまいたかった。これまで勉強し研究してきた美学は、もうどうでもよかった。

思えば藤波さんは、私の年上の姉のような人であった。——と言うより、いつも私のこころをとらえ、密着している恋人に違いなかった。唯一度きりの肉体的な交わりではあったが、思うと今でも私のこころは疼《うず》いた。なぜもっと私は彼女に愛を捧げなかったのだろう。

世のしきたりとか常識から、自分より年上の女性との肉体的な交わりは、いわゆる純愛ではなく、情慾的で痴情的関係に過ぎないのではないか。唯肉体的な快楽のみを貪《むさぼ》り追求する獣の牡ではないか。

私は彼女とのあの夜の交わりが、如何に衝動的であったにしても、彼女を精神的にも肉体的にも愛の絶頂にまで悦びをともにしたことは、何事にも代えがたい愛の極致であった。

藤波さんのお葬式と埋葬が終ってから、腑抜けになってしまった私は、神楽岡に帰ってからは、じっとしていることができず、殆ど毎日賑やかな場所を求めて、新京極から河原町通をさまよった。こんな或日、寺町通で着物のよく似合う美しい娘とすれ違った。

如何にも京都の深窓育ちといった柔らかさと、淑やかさを感じさせる女性だった。

行き擦りがしらに、

「御園生先生」

と呼ばれた。

「私ですわ。西塚圭子です」

私は瞬間戸惑った。西塚圭子と言われても、直ぐには思い当らなかった。美しい京美人だったからだ。

「どちらの西塚さんでしたっけ」

「あら、嫌だ。先生からフランス語を教えていただいているじゃありませんか」

そう言えば、いつも後ろの席に腰掛けていた美しい学生だった。日本的な瓜実顔の、京都風の淑やかな感じであったので、直ぐ思い出した。

「着物のよく似合うお嬢さんだったので、まさか私の教えている学生さんとは思えなかった」

「先生にそう言っていたゞいて嬉しゅうございますわ」

「この辺にお住まいですか」

「はい。すぐそこの柳馬場《やなぎのばんば》三条下《さが》ったところです。先生お急ぎでなかったら家にお寄りになりませんこと」

「——でも、あなたのご両親に改ってご挨拶もせねばならないし、僕は普段着で散歩中ですから」

「それなら、是非おいでくださいませ。父は和歌山に住んでいますし、わたくしは今独り住いなんです」

「そういうことなら、益々私は遠慮せねばならない」

「そんなこと仰しゃらずに、先生に聞いていたゞきたい話もございますので」

女性が聞いてもらいたいという話は、大体家庭の事情か愛情問題であろうと思った。

仏語の授業を終って、なごやかなお茶の時間になると、私は専門の美学のことや芸術作品について質問されることが多く、私はできるだけ私の持っている知識を彼女等に語ってきかせた。

恋愛とか愛情とか幸福ということに関心をもっている女子専門学校の学生達にとっては、私の話はフランス語の授業より関心が深く、彼女等は眼を輝やかせて私の話をききたがった。

「御園生先生は私達の憧れなんです。それに先生は独身でいらっしゃるし、要心なさらないと狙われていますわよ。——それより、私の住居《すまい》で先ずお茶でも召しませ」

私は強くせがむ西塚嬢に引っぱられるように、彼女の住居に案内された。

入口は京都の古い家並にあり、紅殻《べんがら》格子の家で、入口の低い潜戸《くぐり》を通ると、薩長の勤王の志士達が隠れ家に利用したような、古い京都風の民家だった。西塚寓と、墨書の表札がかけてあった。潜戸を入ると土間が奥に續いていた。突当りに土製のへっついがあり、釜が載せてある、如何にも京風の家屋であった。

玄関は潜戸の右手の框《かまち》から上り、木床《きゆか》の廊下を行くと部屋に通じていた。部屋は薄暗く、狭い内庭が明り取りのようになっていて、座敷はこの内庭に面していた。

座敷に黒檀のテーブルが置いてあり、床の間に掛軸が掛けてあった。

鶴屋吉信のお菓子と緑茶が出された。

「私ここから学校に通っております。父は今、和歌山の新宮《しんぐう》市に住んでいますの。私の家は山持ちの材木商で、商賣の関係で父が大阪に参りますが、京都が好きでこの家を買取りました。父が商用で来る以外は、私が当地の女専に入学したのを機会にお留守番をかねて独りで住っております」

圭子は独り住いで、いつも沈黙の生活をしている所為《せい》か、実によく喋るのであった。

家の躾がこれまで厳しかったせいか、總てに礼儀正しく、言葉遣いも丁寧であった。

どちらかと言うと着物の所為《せい》ばかりではなく、物腰も柔らかで淑やかなので、如何にも京都生れの京都育ちのような雰囲気をもった女性だった。

ふとした言葉の端々や立居振舞が、上品で慎みが匿《かく》され、日本女性のたおやかさが見られ、どこか藤波さんに似ているし、もし藤波さんを若くしたら眼の前の圭子とそっくりの女性になるように思えた。

ふくらみのある艶やかなぽっちゃりした白い皮膚は若さそのものであり、ほんのりと赤味を帯びているのは、私という男性と二人きりでいることに上気しているせいかもしれない。私が黙っている限り話してこなかった。

「……聞いて欲しい話って何ですか。僕自身世間的な経験も知識も少ないので、適当な判断ができるかどうか」

「いいんです。先生と教室以外で二人きりでお話できるだけで満足ですの。授業中は先生と学生、あとの茶話会のときは皆と一緒ですもの。先生って素敵な人として皆の憧れですの。でも私だけで先生を独占できませんもの。つまらないわ。今日は本当に、好運でしたわ、まさか寺町でお逢いするなんて」

彼女の話によれば、圭子は妾腹の娘として生まれた。母は京都祇園の名妓だった由だが、誰であるかは父親は一切知らせてくれないので、母が誰であるか自分にはわからない。

「父としては、自分にいいお婿《むこ》さんを探し結婚させることが、私に対する罪滅《つみほろ》ぼしなんでしょうね」

と話した。自分と腹違いの兄と妹は、現在新宮に住んでおり、兄は父の家督を継ぐことになっており、妹はピアニストになりたいと目下音楽学校入学の準備中であること。そしてこの自分は三重縣熊野の素封家の息子で、現在東京の私立大学を来年卒業豫定の青年と結婚させられることになっているのだと話した。

「これが私の運命なんですの――女なんてつまりませんわね、先生」

そう言われれば、今の日本では、女は自分というものを強く主張できるような風潮はなく、大体親の決める結婚を受入れるか、断るか、どちらかしかないということだろうか。

女とは待つ性であり、受入れる性なのであろうか。本質的にはそういうものかも知れない。

「女なんてつまりませんわね」と言われて、私はなんと答えるべきか答えてよいのかわからなかった。

「大変むつかしい問題だし、即答はできないよ」

「じゃあ、先生を今度お夕食にご招待申し上げますので、それまでに考えててくださいな。腕に縒《より》をかけておいしいものを作ります。きっときてくださいませね、拳万《げんまん》よ」

圭子の家を辞して一週間後の水曜日に、神楽岡の家に招待状が届いて、土曜日の夕食にご招待したいとの手紙を受取った。

約束どおり女であることがつまらないことかどうか、私はどう答えてよいのか適当な回答がある筈はなかったが、質問された以上納得できるかできそうな回答だけは、しなければならないと思ったが、女でもない自分が女ってつまらないという考え方に適当な意見も考えもなかった。面倒なことを頼まれたことに、辟易しながらも厄介なことになったと思った。

最初圭子の家を訪問した同じ座敷に、炬燵がしつらえてあり、その上が食卓風にしてあった。

「――どうぞ、先生、まだ寒いので風邪を召されると困りますので、炬燵を出しておきました。お入りになって。先生は何がお好きかこの間伺っておきませんでしたので、總て私の見繕いで準備しておきました」

「――有難う。僕はなんでもいただきますよ」

「それならよかった。京都には錦小路というところがありまして、材料はここで大体揃えることができるのでとても便利なのです。私のお手料理がお気に召すかどうか存じませぬが、一生懸命に作りました」

圭子は今日も着物で、実に若く美しかった。

「先生はハイカラさんなので、寧ろフランス料理がよかったのでしょうが、わたくしは日本料理しか存じませんので、できますものを精一杯作ってみました」

「いろいろ有難う」

「それに、今日は先生の御誕生日ですわ」

私は吃驚した。圭子は私の誕生日のことを調べて、私の誕生日にお祝いの料理を作ってくれたのだ。これには私は驚くと共にやはり嬉しかった。しかし、どうして私の誕生日のことを知ったのだろう。

「――では、先生一献いかが」

彼女の細いしなやかな手に握られた銚子から、私の盃にお燗した酒が注がれた。細い白い手の甲にできた笑窪《えくぼ》が、圭子の指を白魚のように見せていた。なんと藤波さんと表情が似ているのだろう。無造作に束ねた髪が、この日の化粧だったのだろうか。私の胸は妖しくときめいて息苦しくなり盃を重ねていった。なんということであろう。自分の好きだった女性に似ているということだけで、なぜこのようにこころはときめくのだろう。私にとっては実に意外な経験であった。

口取りには、鱧板かまぼこと蚕豆のうま煮とが皿に盛られていた。同じ品物が圭子の方にも準備してあった。

燗をした酒は伏見の辛口らしく、口取りによく合った。勧められるままに飲んでいる内に酔が廻ってきたので、酒を飲むのを自制した。

「もうお飲みになりませんの」

「酒は冷静を失うというので、ほどほどにしておきます」

「お酔いになっても構わないじゃありませんの」

「陶酔と熱狂は理性を曇らせると言われます」

「先生も固苦しい心の壁を取り払って、思いきりお酔いになるといいと思います」

「冷静さを失うと僕が僕でなくなる。幼い日から、僕は自分の意識を統御することを教えられてきたし、自分の感情に溺れない訓練を受けてきたのだよ」

「そういうお育ちだったのね。お可哀想に。思いきりお振舞になられたらよろしいのに。先生は男でいらっしゃるのだし――」

「僕もそうありたいと思うことがあります。――でも多年の習性みたいなものが取りついていて、急にはなかなか変更するのはむつかしいものだと思うよ」

私は一合のお酒に酔ったようだった。

「先生酔って気持が悪いですか」

「いや、大丈夫だよ。そろそろお暇するとしますか」

「赤い顔をしてフラフラしている先生を帰すことは、とてもできませんわ」

「じゃ、醒めるまでゆっくりさせてもらいます。話しているうちに醒めるでしょう」

「――どうぞ。それよりあちらの部屋でお休み遊ばせ」

「有難う。じゃ暫く休ませていたゞこうかな」

「先生は、いつも上品なお言葉でお話しなさいますのね。教え子ですもの、もうちょっと乱暴な口をおききになられてもよろしいのに」

「――と言われても、習慣になっていますから」

「さあさ、あちらの部屋で酔のさめるまで暫くお寝みあそばせ、公親の君」

私は藤波さん以外の女性から名前で呼ばれたことがなかったので、私にはちょっと異様に感じたし、相手に女を感じた。

襖《ふすま》をあけた次の間に、華やかな花模様の布団が敷いてあり、枕元の屏風《びょうぶ》の前に二月堂机があり、その上の一輪挿に白山吹が生《い》けてある。

彼女が寝室にこのような花を生けてあるのは、どういうことであろうか。

「床に入ってお寝みになってくださいませ。そのままで翌朝までお寝みになられても結構ですのよ」

私は圭子が何を思っているのかが、讀めたような気がした。私は早くこの場所から発ち去らねばならないと思った。

「西塚さん、ご馳走さまでした。僕は帰ります」

「先生、ご馳走さまとおっしゃっても、何も召し上っていないじゃございません」

「いや、充分にいただきました」

「どう致しまして。——どうぞ、私も召し上っていたゞきたいのでございます」

「軽々しくそんなことを言ってはいけない」

「いゝえ。今日はその覚悟でお招きしました。好きなお方に總てを差上げたいのです。寝室の枕元に花を生けてありますのも、今夜先生に私の一輪の花を散らしていたゞこうと、象徴的に花に托したつもりですの。先生に逢いますといつも胸がキューンとなりますの。きっと先生が好きでたまらないのですわ」

「お嫁に行くまでは、綺麗な躰じゃなくては」

「私の身の純潔は私だけのもので、一番好きな先生に差上げます」

「それ程思っていただいて有難う。――それにしても」

「わたし一番好きな人にだけ、私の躰を差上げれば、こんな幸福なことございませんわ」

圭子の眼は妖しく戸惑いを見せていたが、自分から躰を布団に横たえ、私の背中に手を廻し力強く自分の躰の上に私を引きよせた。こんなことに應じていいのかと、頭の片隅では思いつつ、私の手は圭子の着物の裾を荒々しく開くと、彼女は軽く戦《おのの》きながらも私のなすままに、私に抱かれてじっとしていた。

「私狂って死んでもいいわ、先生、私を思う存分好きなように扱ってくださいませ」

唇を合わされ、私は狂ったように圭子を抱きしめた。圭子は必死になって私の總てを受入れ喘いだ。結んだ黒髪がぱらりと解《ほど》けると、私はひどく興奮し、たゆたう温かい海に突入した。

總てが終ったとき、圭子は、

「先生、私は勝利者になって満足です。クラスの二、三人が、先生を捉えようとしていたことを知っていましたの。私は先生を誰にも渡さず、私独りのものにしようと思っていました。なかなか先生にお近付きになる機会がなくて、今までやきもきしていましたわ、寺町でお眼にかかれ、今夜二人だけの関係になりましたこと、とても運がよかったと思いますし、神様のおひき合わせだったと喜んでいますのよ。こんな関係になったこと、先生は後悔していらっしゃいますか」

私が圭子とこうして男女の関係になったことは、自分に理性のなかったことを恥ずかしく思った。藤波さんの死後、悲しい思いをしているとき、藤波さんに感じのよく似た女性だった圭子に私は感情移入をして、ついに圭子の花を散らしてしまった。

男というものは、自分が好きだった女性に似たような女性を知らず識らずのうちに探すものであろうか。だから自分にとって好きな女性のイメージを心に刻みこみ、潜在的に面影《おもかげ》や仕草のよく似た女性を自然に求めようとするのであろうか。

「圭子、これで父がきめた男性のところへお嫁に行けますわ。今夜の先生と二人で味わった悦びをよく覚えておいて、結婚できそうですわ。

先生からおろされた根を通して、注がれた生命の泉を私の大地で育て、先生のイメージで、生れてくる子を慈《いつく》しみ育てていけそうです。先生、有難うございます。私が守り續けてきましたこの躰を先生に差上げて、私はとても仕合せな気持です。お逢いすると、いつも胸がきゅんとなっていましたの。

女の性とは待つ性であり、受入れる性だとつくづく思いますが、待って待って、しかも恋いこがれてもどうにもならないときは、やはり積極的にぶつかっていくべきだということを、私は自ら体験して仕合せな気持です。

先生と、こんな尊い経験ができたことを嬉しく思います。やはり、自分の想いに正直だったことに、誇りを感じていますの」

彼女は自分の感情に酔ったように話し續けた。

「結婚して将来何人かの子供を持つことになりましょうが、先生との最初にして最後のお近付きにより、私の結婚観も愛に対する考えも、私は私なりに理解できたと思います」

圭子はけだるく酔いしびれたように口を半開きにし、白い歯並びを見せたまま動かなかった。私は躰をずらすと、「動かないで、そのままでいて」とかすかに言いながら、裸の私の胸に顔を埋め唇を当てて吸い続け、時々軽い痙攣《けいれん》が私の皮膚に伝ってきた。それはまるで小刻みに揺れて次から次へと押しよせる漣《さざなみ》のようであった。

陶酔したような表情は、箍《たが》が緩《ゆる》んだように見え、解けた長い黒髪が私の胸の上で乱れたままだった。やっと聞きとれる声で、「好き、好きよ。先生の意地悪」と呟くように繰返すのであった。

ああ、神様お赦しください。私は罪を犯しました、人間とはなんと罪深いものなのでしょう。聖句も守らず大きな罪を犯してしまいました。

――どうぞ私をお罰しください。私の当然受けねばならない罪でございます。

私は自分の罪を神に悔いた。

第十五章

四月末の仙台は、春とは言いながら例年になく寒く、外套を着てきて丁度よかった。汽車から降り立つと、寒さが襟もとから滲み込んできて、思わず身震いしてしまい、マフラーで首筋をおおってしまった。

スチームのきいた列車からホームに降り立つと、その温度差は大きく、やはり仙台は北國だと思った。積った根雪がまだ残っていて、凍てついた道路は転びそうだった。

駅前でタクシーを拾うと修道会まで走らせた。鉛色の空は低くたれこめ、音を立てた風が、タクシーの窓に激しく吹きつけてきた。

昨年初めて訪ねた頃と較べ、凍りついた丘の台地に建つ建物は、やはり異なった印象を与えた。鐘楼下の会堂を通り、ドゥ・セランシー師の部屋を直接訪ねた。

部屋はスチームがきいて暖かかった。

しかしこの修道会は高台の所為か、風が唸《うな》りを立て、硝子戸に当り音をたてていた。ノックして部屋に入ると、ドゥ・セラシー神父がにこやかに、手を差し出し握手をしてくれ、私の訪問を受けてくれた。京都から豫め出しておいた私の手紙でこの修道会に来たことの意味を悟っておられた。

私は着ている外套を脱ぐと、それを受取って外套掛けに掛け、椅子をすすめてくれた。

「やはり、神はあなたをお召しになられましたね」

「おわかりになりますか」

「はい。神様は一度お決めになると、人間は、もう絶対に逃れられません」

「私は昨年初めてここに来ましてから、神様と対話し、思索し、人生の目的、芸術、神学等について考えましたが、究極において、私達は独りではなく、神様とともにあると知りました」

「あなたは独りではありませんよ。神様がいつもあなたの後ろについていらっしゃいます」

「私は両親を早く失いましたし、独りになってから、神様から啓示を受けました」

「悲しみを忘れるためにおいでになったのですか」

「いゝえ。寧ろ神様に狙われたと言うべきでしょうか。神様の捕囚となり、逃《のが》れようと思いながら、身動きできなくなりました。がんじ搦《がら》めなのです」

「そうですか。そのことは私達で今後考えていくべき問題です」

私は高等学校に入ってから、芸術というものに惹かれた。芸術は永遠のものであるのに違いない。芸術の目標は美の追求である。では美とは一体なんであるのか。美の追求のために美学という学問が生れた。しかも美学の本質は哲学の一分科になるという。

哲学より更に高度の思索を續けていくと、究極的には神学に至るのであろう。この世の構造とか秩序というものは、總て「最高にして最善のナニモノ」かに計画された意志によって、動かされているのに違いないのだ。人間の力や思索には、自《おの》ずと限界があって到達できないものではなかろう。到達できると思うのは、まさに人間の自惚といいものである。人力が及びうることには限界があり、その彼方にあるものを人はSomething Greatと呼ぶが、これが「神」そのものなのである。

しかも、この「神」は存在するが知覚することはできない。微細な虫にも比すべき人間は、至高にして至善なるナニモノかの秩序に組込まれた「創られたモノ」であろう。

美学というものの限界に気が付いたとき、私は神学の研究を始めねばならないと思うようになっていた。

「私は天なる神の僕《しもべ》として、また神の被造物の一つとして、神の御業《みわざ》をあらわすためにお仕えしたいと思っています」

「よく、そこまでお考えになりましたね」

「神父さま、私はできれば戒律がもっとも厳しいと言われている修道院で、神様の僕として神様にお仕えし、一生を終りたいのです」

「御園生さん。あなたの考えはよくわかりました」

「昨年この修道会に私が参りましたとき、確かここのバシャン院長さまが、北海道のトラピストから帰ってこられたときでしたね」

「そうでした」

「私としてはその北海道のトラピストに参りたいと思っていました。——バシャン院長さまから、私のトラピスト修道院に行く便宜を図っていたゞきたいと思います」

ドゥ・セランシー神父は一瞬困惑の表情を浮べられた。

「トラピスト系の修道院は、あなたが考えておられるような生易しいところではありませんよ」

「私はどんなことにも耐えうる、心の準備もできております」

「あそこは労働と粗食と沈黙と祈りの一生ですよ。あなたの考えられているような修院ではありません。人間のあらゆる欲望を絶《た》ち切り、一生、俗世間から離れることです。ご希望は院長さまに伝えますが、一度修道院を訪ねてみてください」

「はい。そうしたいと思っております」

「よく、わかりました。バシャン院長さまにも相談してみましょう」

「私はまだ洗礼も受けておりませんし、いろいろ手続があると思います」

「そこに入ることは、あなたがこれまで過されてきた人間社会を離れ、あらゆる人間的な欲望も、親しい人達とも別離することになるのです」

「総て、いかなることも受入れます」

「わかりました。明日にでもバシャン院長さまにお逢いください。あなたの意志を伝えておきましょう。今日はこの修道院にお泊りください」

私が一度トラピスト修道院に入ったら、再び、いわゆる「俗界」には帰ってこないというトラピストの戒律の厳しさを自覚した。

――でも、それは天なる神が豫定されていたことに違いないし、私はそう信じた。

外では冷たい風が窓硝子に当り、音を立て始め、一陣の風の音とともに硝子戸が鳴った。高台に建つ教会のせいか風は一段と激しかった。

人間の運命というものは、思えば不思議なものである。仏教の伝統の沁みついた家庭から、キリスト教という変った外国の宗教に近づくことになったのも、野尻湖でのドゥ・セランシー神父との出合いだった。仏教的に言えば、不思議な因縁というべきものであったろうか。このことを一般に宿命のように言うが、私にとっては、神が豫定的に私をお選びになったのに違いない。宿命ではなく豫定だったのだ。私はそう信じて疑わない。

私の修道院入りは、神が私をそうするように私を修道士とすべく、豫定されていたのだ。

幼い頃から隔離されたような生活が、私に孤独を感じさせないように、習慣づけられていたのだろう。自分の内的生活をみつめ、精神生活に大きな意義を見出すようになったのは、私の幼い頃からの環境のせいもあった。それも思えば神の御業《みわざ》だったのだ。

早くして肉親とも別れ、孤独でいることが多かった生活は、私にいろいろなことを考えさせた。人間の死とか霊魂という問題について。また、華やかな生活や時間の裏に隠されている悲哀というものを身をもって体験させられてきたように思う。

人間の持つ幸福というものが、如何に淡《あわ》く脆《もろ》く、底のないものであるか。また世のひとが追求してやまない物質的喜びが、如何に無意味な憐《あわ》れなものであるかということが、私にはよくわかるような気がするのである。

私のような人間は、とても世間をうまく泳いで、切り抜けて行く術も方法もわからないのだ。世間が私の行動すべてに逆らうように思えてならないのだ。こうした世間に苛《さいな》まれ、自分の気持までズタズタに引裂《さ》かれ疲労することは、弱い私には堪えられないことである。しかし弱く堪えられない私が修道院に入ることは、その意味で一種の逃避どころか正に烈しい戦いの始まりなのだ。

私は修道院入りを決して逃避とは思わない。神から選ばれ、神の御業《みわざ》を行うべく豫定された人間なのだ。私は修道士となって、一生神の命じ給うみこころを行うべく、幼い日より環境的に神に豫定されて、現在まで生きてきたのだと思った。

バシャン院長の話によると、修道士になるための修練希望者をアスピランと言い、その期間中を示すため、頭髪を輪のように残し、それ以外の頭髪をおろすのだという。仏教で言う一種の得度《とくど》の如きものであろう。アスピランの期間中は誓願《せいがん》期間でもあるという。一定の定められた誓願期間が終って、なお且つ本人の決心が不変であり、修道会の会議で認められて初めて、トラピスト修道士の資格が与えられ、修道士としての生活に入るのだ。

一時的な感情から修道士になる希望を有していても、時間の経過とともに、俗世間への帰着心が強かったり、苦難に満ちた修道生活に堪えきれず、脱落していくものもあると言う。こうした宗教上の試練に堪え得ないアスピラン、つまり修道士志願者は、俗世間に戻っていくと言う。

私には總てどんな苦難にも堪えうる、強靭な決心を新たにした現在、修道士の途しかない。俗世間的な栄華や安逸を断ち、肉慾も悦楽も人間的な一切の慾望を断ち、一心不乱に神にお仕えし、神の御業の偉大さを体得するのが修道士としての初歩的な勤めなのであろう。

私は神に導かれ、偉大なる神の御業《みわざ》をあらわすのが私に課せられた義務であり、幸福なのである。

第十六章

私は京都に帰ると、仙台からの返事を待った。いろいろの経過はあったようであるが、これで私の運命は決まってしまったようなものだ。

私が美学の勉強をし、将来どこかの大学で講座をもって教鞭をとるという、現世的な夢はこうして大きな転機を迎えることになるだろう。

美学を志した学問もこれで終了する。

これからは、美学とは異なった神学の勉強を始めねばならない。

これまで教えを受けた姫宮教授を訪問し、トラピストに入ることを告げると、教授は吃驚されて、

「一体どうしたというのです」

と絶句された。

「実は、君を僕の後任として、大学に残ってもらうつもりだった」

教授にしきりに惜しいと残念がられ、トラピスト行を放棄するように迫られた。

「君とゆっくり話をしたい。一度家に来てくれ給え」

主任教授のお宅を訪問したが、どういう動機で美学を捨て、トラピスト行の決心をしたのか、折角續けてきた研究を埋れ捨てさるのは誠に惜しいではないかと説得された。しかし、私は總てこの世のものは空しく、唯々全智全能の御業《みわざ》のために一生を捧げることだけしか考えていなかった。

主任教授の反対や説得よりも、更に強い反対は奈良の叔父夫妻からであった。

仏教徒である叔父は、キリスト教という異教に対する反感の方が強かった。

キリスト教とは絶対に言わず、耶蘇教と如何にも憎々しげに言い、先祖伝来の仏教を簡單に捨て去ることは、ご先祖に申し訳ないではないかとか、御園生家という由緒ある家門が長年に亘って護ってきた家名を汚《けが》し、耶蘇教という異国の宗教を信ずるとは言語道断で、三百年も続いた家に対する冒瀆ではないかと、平生なにごとによらず私に対して遠慮がちで控え目な叔父が、珍らしく激した口調で私を叱責し續けた。

私は最初から、叔父夫妻から猛烈な反対があるだろうとは、充分に豫期はしていた。

「公親がヤソになって、しかも修道院に入るとなると、ご両親さまに申訳が立たない」

同じ非難と愚痴を繰返すばかりであった。

元来宗教とは苛烈で妥協のないものなのだ。

「公親をひとりにしておいたのが、やはり良くなかった。早く嫁をもたせるべきだった。ところが肝心の公親は嫁に関心すら示さないのだ。寧ろ昔の光源氏のように美しい女なら人妻でも娘にでも、自由に手をつけてもらう方がよかったのかもしれない。トラピストなどにはいると、もう公親の代で御園生家は絶えることになる」

「叔父さん、絶えてもいいではありませんか」

「また、そういうことを言う。御園生家も、愈々公親一代で終りになるのか。感慨も一入だよ」

と吐息をつかれた。

十月某日、ドゥ・セランシー神父より手紙がきて、北海道の渡島当別《おじまとうべつ》のトラピストより、私を修道士のアスピランとして受入れるという返事があったと知らせてきた。但し誓願期間が長いか短いかは別問題ですとの但書的説明があった。

私は北海道に行くには、まだいろいろ整理しなければならない問題があった。

私に残っている財産を処理することであった。私が毎年夏を過していた野尻湖の家には、神戸の家を整理して以来、成安爺や夫妻を住まわせていたが、これをそっくりそのまま爺や夫妻に贈与することにし、弁護士にその事務の一切を頼み、財産の殆どは叔父夫妻の寺に寄進した。

父一代で築いた財産は殆ど処分したが、別に未練はなかった。

私は北海道に旅立つ前に、藤波さんが亡くなられた大山崎に暫くお住いになる豫定のお母上を訪問した。

母上は藤波さんが亡くなられてから急に、白髪が目立って増え、齢を取られたように思えた。

私が北海道にある、トラピスト修道院に入ることになった旨を説明申しあげると、もう眼に一杯涙をため大声でお泣きになった。

「一度おはいりになられましたら、この世間にはお帰りになることはないのでしょうね」

「はい、再びこの世間には戻っては参りません」

「まあ、公親さまったら――」

と絶句され、涙は次から次へと溢れ流れた。

「どうぞ、四季の移り変りに、お躰をおいとい遊ばされ、いつまでもお元気でお暮しになることを祈っています」

これから身寄りもなく、独りで暮されるかと思うと、いかが寂しいことかと流石に胸が痛んでならなかった。

「どうして公親さまは、わざわざトラピスト入りまで、お考えになられたのでしょうか」

「これも神さまの思召だと思っております」

「この世には、公親さまのようなお方のために、相応しいお仕事もおありでしょうに――」

「もし美也子さんが、生きていらしたら、私の生き方も考えも変ったものになっていたかもしれません。私が修道院に参りますのは、神さまのお導きで、必ず来るようにと、見えないお力に引っぱられているのでございます」

「もうこの世では、再びお眼にかかれないのでしょうね」

「はい」

「わたくしも寄る年波でございますから、いつあの世に参るかわかりませんが、きっと美也子と二人で、いつの日か公親さまがおいでになるのをお待ち致しております。もうあの世には、苦しいことも悲しいこともございますまい。三人でご一緒できるのを心からお待ちしております」

修学院道の藤波邸をお暇《いとま》するとき、お母上より、

「美也子の遺品を整理しておりましたら、公親さま宛の封筒が出て参りました」

手渡された白い長封筒の表書には、公親さまと書かれ、脇付には「御直披」と書かれてあった。

後で封筒を披くと、次の歌が詠まれていた。

蟠《わだかま》る熱き血汐《ちしお》をいかにせん
　鎮《しず》める間もなくわれは去りゆく

封書の表面には公親の手で、

「この和歌は勝南井君、焼いてくれ給え」

終章　御園生からの最后の手紙

青森駅には朝早く着いた。長いホームを降りて、青函連絡船の乗場まで歩いて行った。風は冷たく、本格的な冬の訪れも間近いと思った。

浅虫温泉までは秋の終りの感じであったが、青森駅の海からの風は冷たく、漠然とした北国の苛烈な寒さの前触れのような匂いを感じた。

小さなトランクには、当分の着換えと洗面道具という身軽さであった。

銅鉦《ドラ》がけたたましく鳴ると、その響が海の波間に吸い込まれるように消えていき、タラップを捲きあげる音が、不自然に大きな音を立てた。船は緩やかに動き岸壁を離れ始めた。

老若男女の船客は、様々な思いを秘めて、北海道と本州の間を往来していることであろうが、明治維新後朝敵側に廻らざるを得なかった失意の武士達が、どれだけ悲憤と諦めを秘めて、北海道へ渡って行ったことであろう。かつて蝦夷《えぞ》地と言われ、文明から遠ざかった未開拓の荒蕪地に、あらゆる苦難を負って移住した人達や、幕府に忠誠を誓った士族達が、涙を怺《こら》えて津軽海峡を渡って行ったのに違いない。そのときから既に長い歳月が流れた現在、私は違った目的と気持からこの海峡を渡って行くのだ。

波のうねりが高くなり、私は船酔しそうになったので船室から甲板に出た。波のうねりが緩《ゆる》やかに船腹に当ると、連絡船はそれにつれて揺れた。舳先《へさき》に当る波飛沫《しぶき》が、私の顔に吹きつけた。

海は荒れている訳ではなかったが、海峡の眞中では波があり船はかなり揺れた。遠くに北海道の陸地が見えてはいたが、なかなか近付かなかった。約四時間半の船旅の後、函館港の防波堤の内側に入ると、波も静かになった。

失意の藩と下級の侍達は、薩長が中央で權力を握り政治を牛耳っているのに、飽くまで幕府に忠誠を誓った自分達の藩が軽んじられ、冷飯を喰わされたことに悲憤と失意を感じたことだろう。藩主達は、落ちぶれたとは言え、それ相応の待遇が与えられ、また上級の侍達は要領よく新政府で糊口の資を得たことだらう。それにひきかえ下級武士は祿《ろく》を失い、新天地開拓という美名と煽《おだ》てに乗せられ、または悲憤と諦《あきら》めに唇を噛みしめながら、この海を渡って行ったのに違いあるまい。

血気盛んで志に燃えた若い武士達の呻《うめ》きや怒号が、甲板を吹き渡る風が悲鳴のように、聴えてくるのであった。

船客達は無口であった。様々の理由で北の新天地と繋《かか》わりを持たざるを得なかった人達の子孫や関係者達は、こうして北へ向かっているのであろうが、叶《かな》うことならやはり本土の方で本拠を構えたいと、思っていたのではなかろうか。

熟慮の末、私は生れて初めて北海道に来た。

函館から渡島当別へ行く汽車の出発まで、二時間たっぷりあるので、昼食をとることにした。北海道の玄関口である函館は、海産物が豊富であることは知っていたが、もともと生物《なまもの》、それも魚類は幼い日から食べなかったし、あまり好きでもなかったので、正直なところどこで食事をしようかと迷った。

いわゆる一般家庭とは異なった料理が日常の私達の食べ物だった。これに反し、父は母の好みに合わせて肉類は、雞を除いて口にしなかったが、牛乳やバターやチーズ類はふんだんに食べていた。

函館には海産物が豊富で、魚料理を供する店屋は多く、雲丹やいくらを載せた丼ものを食べさせる店のほかに、土地柄新鮮な魚介類を供するすし屋も多かったが、私はこれらの食べ物は食べなかったので、何を食べようかと迷い、食堂らしいところを探し廻り、結局饂飩《うどん》屋に入り狐饂飩を注文した。これも関西風とは異《こと》なり、油揚げは甘く煮たものではなかった。

松前行の汽車に乗ったら、海のような広い沼があり、汽車の窓から手が届きそうなところに、林檎の赤い実がなっていた。大変珍らしく、林檎が育つ北の国へ、遙々旅をしてきたのだと思った。

渡島当別は寂しい駅であった。ひとに尋ねるまでもなく、トラピストのある場所はすぐにわかった。入口に受付のような建物があり、柵のある囲《かこい》は牧場のような印象だった。

来意を告げると、私よりずっと若い歳のひとが「しばらくお待ちください」と鄭重に應待してくれた。十六、七歳ぐらいだろうか。

この若者は、灰色の僧服のような衣服を着ていたが、頭髪が鉢巻のように円く刈り残されて、細い輪のように頭部を取り巻いていた。残された輪の部分に、死人を象徴している人物を画いた宗教画の一齣《こま》のように思えた。

頭髪を頭の周囲に鉢巻のように残しているのは、修道士となる誓願中の記章の如き印《しるし》らしいことがわかった。

トラピストに入りたい意志があっても、それがどれくらい強い決意であるかを見究めるために熟慮する期間、つまり神の僕《しもべ》となるための決心を固めるための誓願期間中は、頭髪をこのように刈り込んであるらしく思えた。

（いずれ私はあのような姿になるのだろうか——。私の誓願期間はどのくらいなのだろうか）

トラピスト修道士となるための誓願期間は信仰心と院長の判断によるのだろうか。この修道士誓願中にあるものをアスピラン（aspirant）と言うが、個人差があり期間は未定である。

仏教では髪をおろし仏教徒となることを得度《とくど》と言っているが、トラピスト修道院でこのような形をとっているのも、仏教で言う得度の如きものなのであろうか。

修道士の決心が堅固で、揺《ゆる》ぎないと認められて初めて、修道士になることが修道院の会議で認められるのだという。

——私は果して修道士になれるのか。

入口の奥に、また建物が見えた。案内を乞うた若者が馬場のような広場を横切って戻ってくると、私はその若者に案内されて奥の建物へ向かった。

部屋に招じ入れられ待っていると、長身のドゥ・ビュイエ修道院長が柔和な表情で、「ソワイエ・ル・ビヤンヴニュ（よくいらっしゃいました）」と、がっちりした手で私の手を握りしめてくれた。温かい力強い手だった。

「ミソノウさん。話は總て、ドゥ・バシャン修院長から通知を受けています。修道士になることは容易なことではありません。私は寧ろ、あなたに修道士になりたいという気持を捨てて、お帰りになることをおすすめします。若い頃は誰もが悲壮感に酔うものです。現段階では、あなたをこの修道院に受入れるかどうか未定ですし、總ては今後のあなた次第です」

ドゥ・ビュイエ修道院長はフランス人で、理論整然と私を諭《さと》すように話し続けた。

修道院長のわかり易いフランス語を聞き、私は一時的激情に酔って、遙々津軽海峡を渡ってきたのではなかろうかと考えてみた。

修道院長が言うように、今なら神への奉仕とは言え牢獄めいた労苦に満ちた生活に堪え、慾を捨てて神に奉仕するという宗教的熱望に幻惑されているのではなかろうかと反省してみた。

院長が諄々と私を諭したが、恐らく私が抱いている悲壮的な決心や、修道院という名の場所を単純に憧憬し、青年の一時的な想いから訪ねてきたのではないかと、そのことを心配し、私を試しているのかも知れなかった。

私の精神が絶えず錐《きり》で揉まれ、慟哭《どうこく》したいようなこころの痛みが、衝動的に私の修道院入りの決心をさせたのではなかったか。

私のこころは腑抜けになったように、これ迄抱いていた夢が消え失せ、何事をする意欲も希望も失ない、總てが空しく漠々とした気持だった。何もしたくなかったし、考えたくなかった。

私がここに来たのも、確かにこころの奥底にはこんな気持はあった。

悲痛に満ちた激情的な感情が治まって、修道院という一種のロマン的な心情が薄れたとき、屹度後悔し煩悶することになるかもしれぬと、院長はそういう可能性をも考えて、言い聞かせているのかもしれなかった。

部屋の窓から硝子戸を通して、青く広がる空が見える。

その空は一体どこまで續き、どこまで連《つら》なっているのだろうか。眼の届くところからその果ては、どこまで續いているのだろう。宇宙と言うものの果ては一体どうなっているのだろうか。果てるということはどういう事か。何か仕切りがあるのだろうか。宇宙とは実に漠然としていて、一体どこまで拡がっているのだろうと思う。そして宇宙の果てが、何処にあるのだろうか、あるとしたらどうなっているのであろうか。端というものがなく、他の天体の出発点なのであろうか。それならば私達のいる地球の彼方にはそれこそ無数の星があって、地球より大きな星もあり、そこまでの距離は一秒間に到達する光線の距離で計算しても、何億光年の彼方にあるという。

こうなると人間の想像外のことである。また、かつて讀んだ本で、カリブ海を航行する飛行機や船舶が忽然と消息を絶ったという事件があり、その原因は解明できず未だに謎とされており、カリブ海の何処かにブラック・ホールがあるという説もあるらしい。

科学が発達した現在でもまだ不明で、且つ理解できない現象があり、解明できない謎がまだ多く存在している。

こういう自然界の謎とは別に、まだわからない現象は無數に存在する。しかしわからないことが多くとも、少しずつでも解明していくというのが学問であろう。しかし広い宇宙の粟粒のような地球で、人間の存在とは一体何なのであろうか。

想像を絶する漠々とした空間に浮ぶ無数の星、その一つである地球が漠とした空間に浮び、相互に衝突することもなく、一定の間隔を保っている。この不思議は人間の頭脳で考え得ない秩序を保っている。この現実は、何か偉大な秩序によって均衡を保っている。

このことは正に偉大なるモノの秩序によるものであろう。これこそ偉大なる神なのであろう。そこに生かされている人間は、ベルトコンベアに乗っているのに等しく、この地球から消え失せることが死なのであろう。

キリスト教、ユダヤ教、イスラム教の教徒は啓典の民として親族関係の宗教であるが、イスラム教では、死とは肉体からの霊魂の分離と考えるが、死を罪に対する罰として捉えているのがキリスト教で、人祖アダムとイヴが神の命にそむいて禁断の実を食べた結果、人間は皆生れながらにして罪を負っており、洗礼により許されるとしているが、死とは神の意志でいつ何処で死ぬかは、神が定め神のみが知り給うことで、人間はどうすることもできないと説いている。まさに人間は神によって創られ、神が人間の運命すら豫定しておられる。

他方、私は姫宮教授にトラピスト入りは　考え直すように説得を受けたが、私は何故教授の言うことに耳を傾けなかったのだろう。

美学の深奥《しんおう》を見究めるために、更に研究を續けた方がよかったのではなかろうか。

藤波さんという女性として、私が尊敬し愛するひとを失ったことが、こころの大きな洞《うろ》となったが、それがトラピスト入りを決心するに至った、直接の原因とは思わない。

思えば年齢的には藤波さんよりも若く、私の好みに合った圭子という女性とのあの交わりで、悲しみや侘しさも一時的にせよ免れることができたではないか。肉の悦びが人間としての總てではなかろう。しかし、若く自分の好みに合った女性を妻とし子孫を残して行くことも、人間として重要な務《つと》めであろう。

やはりひとというものは、世間並に私の場合美学の研究に精進し、妻を愛し子供ができて、私には馴染みのなかった一家団欒を味わうべきであったのではないか。

私は仙台の修道会に行ったことが転機となって、トラピスト入りを決心したのは、軽率な選択ではなかったろうか。いや、決してそんなことはない。私は確かにどうしてよいのかわからず暫くは放心したように總てが嫌になった。心に去来する様々な思いに苛《さいな》まれながらも、何かぐいぐいと、霊的な大きな力に引き寄せられて行く別の強い力を感じた。

私は神に導かれて神に予定された神の御業《みわざ》を示さねばならない使命があるのだ。

編者註

終章は、愈々決心して修道院に入る最後の部分で、御園生のノートの記述部分でなく、渡島当別から私に寄越した最後の手紙である。

御園生が修道院入りの固い決心をするまでには、心の悩みや葛藤があったらしいことは、第十六章を読んでいたゞければわかるであろう。しかし彼の決意は意固地なまでも不変であり、固いものであったと思われる。

私の親友、御園生公親という人間を知ってもらうため、この手記を敢えて出版することに踏切った。今となっては、私のこの勝手な意図や行為をきっと、許してもらえるものと、信じて疑わない。

御園生の初恋であるが悲劇に終った美也子という婦人の「公親さま直披」の記入のある封筒に入っていた和歌は、美也子という婦人の公親に対する生々しい恋情を訴えた辞世の句であることを思えば、公親が私に頼んだ通り、すぐに焼却すべきものであった。

私は御園生公親と藤波美也子の二人に対して、信頼を冒した良心の呵責に堪えながらも、敢えて発表することにした。

私は二人に対する背信行為を親友として、全く恥しく思う。
これ以上付け加えることもないし、これ以上書けば、無意味な蛇足になろう。

著者プロフィール

勝南井 隆（しょうなみ たかし）

本名 南村《なむら》 隆夫《たかお》

京都大学法学部卒、同大学院 国際公法専攻。

外務省條約局法規課

モロッコ、アルジェリア、カナダ、マダガスカル勤務後、在ベルギー大使館 EU 代表部参事官。

在ルクセンブルグ大使館臨時代理大使、在ベルギー大使館公使を経て退職。

東横女子短大講師、埼玉山村女子短大教授、特任教授を経て退職。

著書『モロッコ近代外交史』（1988年）

『モロッコ外交アルヘシラス国際会議』（1990年）

『ヨーロッパ社会と国際マナー』（1989年）

（著書はすべて勁草書房発行）

その他北アフリカ関係論文、イスラム法における婚姻制度等、発表論文多数。

2002年、文芸社にて『嵯峨日記』を刊行

飛火野日記

2003年12月15日 初版第1刷発行

著 者 勝南井 隆

発行者 瓜谷 綱延

発行所 株式会社文芸社

〒160-0022 東京都新宿区新宿1－10－1

電話 03-5369-3060（編集）

03-5369-2299（販売）

印刷所 株式会社平河工業社

ISBN4-8355-6688-2 C0093